SAO
SWORD ART ONLINE
003
REKI KAWAHARA abec bee-pee
SWORD ART ONLINE
fairy dance

Nerve Gear

「——快點……快點來救我啊，桐人……」
亞絲娜
§被囚禁在高性能VRMMO「ALfheim Online」裡的少女。

「爸爸
你怎麼老是這麼悠閒啊。」
—結衣 § 將桐人當成父親的「AI」少女。在「ALO」
裡面是以「導航妖精」的身分幫助桐人。
「怎麼說呢……這真令人感動。
真想就這樣一直飛行下去……」
—桐人 § 「SAO」最強「獨行玩家」。
在「ALO」裡成為守衛精靈的劍士。

「──來，我們快點朝世界樹前進吧！」
莉法
§
在「ALO」裡與桐人相遇的少女。
遊戲裡的妖精種族是「風之精靈」。

「……笨蛋笨蛋，我真是個大笨蛋！」
桐谷直葉 §
桐人＝桐谷和人的妹妹。
國中三年級。參加的社團是劍道社。

「——如果可以撐過我的攻擊超過三十秒，
我就相信你就是大使。」
尤金 § 傳說是全妖精玩家裡最強的戰士。
種族是「火之精靈」。
擁有傳說中的武器「魔劍瓦蘭姆」。
「你可真是大方啊。」

世界樹
所有登入「ALfheim Online」玩家的最終目的地。
率先到達位於「世界樹」上方傳說中的空中都市，謁見「精靈王奧伯龍」的種族可以轉生為高位種族「光之精靈」。只要能轉生為真正的「光之精靈」，就能解除系統上的滯空限制而持續不斷飛行，進而成為這片無限天空名符其實的支配者。玩家們可經由「世界樹」根部的巨蛋進入空中都市。但是巨蛋入口處有擁有壓倒性實力的守護騎士看守著大門。「ALO」實際上線之後已經過了一年，到目前為止仍沒有人能解開這個任務。

SAO SWORD ART ONLINE

「這雖然是遊戲，
但可不是鬧著玩的。」

——「SAO刀劍神域」設計者·茅場晶彥——

SWORD ART ONLINE
fairy dance

REKI KAWAHARA

abec

bee-pee

003

深藍色的三個光點，像小小星座般並排在一起。

桐谷直葉伸出右手手指，觸摸著那些光芒。

那是表示完全潛行形式ＶＲ遊戲機「NERvGear」運轉狀態的ＬＥＤ指示燈。裝設在頭盔前端的光點，從右邊起是顯示主電源、網路連結、大腦連結的狀態。當最左邊的光點變成紅色時——就表示頭盔使用者的腦部已經遭受破壞。

一片雪白的病房正中央，寬廣的凝膠床上正躺著陷入永遠沉睡狀態的頭盔主人。不，這麼說可能有點不正確。實際上他的靈魂正在另一個遙遠世界裡，為了數千名淪為囚犯的玩家不斷戰鬥著。

「哥哥……」

直葉低聲喊了一下沉睡中的哥哥．和人。

「已經過了兩年……我馬上就要升上高中了……要是你再不快點醒過來，就要被我趕過去囉……」

她將手指由ＬＥＤ上往下摸，接著開始撫過哥哥的臉龐。和人的臉由於長期昏睡而更加消瘦，那瘦削的側臉輪廓讓原本就給人中性感覺的他看起來更像個少女。媽媽甚至開玩笑地稱呼他是「我們家的睡美人」。

其實變瘦的不只是臉孔。他整個人已經消瘦到讓人慘不忍睹的地步，體重很明顯比從小就練劍道的直葉要輕多了。哥哥該不會就這樣消失不見吧……最近直葉的內心開始常常浮現如此的恐懼感。

但是直葉還是從一年前開始就盡量不在病房裡哭泣。就在一年前，總務省「SAO事件應變小組」的成員曾告訴她一件事。那個戴著黑框眼鏡，留著長長瀏海的公務人員，用帶著敬意的語氣告訴她：在遊戲內所有玩家當中，她哥哥的「等級」算是名列前矛——也是少數幾個經常在危險最前線戰鬥的攻略玩家之一。

現在哥哥一定也是在與死相鄰的情況下持續戰鬥著。所以直葉不能在這裡哭泣，而是應該握緊他的手替他加油才對。

「加油……加油啊，哥哥。」

當她跟往常一樣，緊握著和人那骨瘦如柴的手拚命祈禱時，忽然有聲音從後面傳了過來。

「哎呀，妳來了嗎，直葉。」

她急忙轉過頭來。

「啊，媽媽……」

站在那裡的是母親桐谷翠。由於這個病房是採用磁浮式電動門，所以幾乎聽不見開關門的聲音。

翠迅速地把右手的波斯菊花束插進床邊的花瓶裡，然後坐到直葉身邊的椅子上。從她棉質襯衫、貼身牛仔褲加上皮革寬外套的輕鬆打扮來看，應該是剛剛下班才對。那略施薄妝的臉龐以及隨意將頭髮往後束起來的打扮，讓人看不出她明年已屆不惑之齡。或許跟她是電腦相關情報誌的編輯有關也說不定，她本人並沒有符合年紀的沉穩性格，所以對直葉來說與其說是她的媽媽，倒不如說比較像是她姊姊。

「想不到媽媽妳竟然能過來。校對截稿時間不是快到了嗎？」

聽到直葉這麼說，翠咧嘴笑了一下。

「我把工作推給別人然後就跑出來了。平常就已經不太能來了，今天怎麼說也得過來看看他。」

「嗯嗯……今天是哥哥的……生日啊。」

然後兩個人都暫時沉默不語，一起凝視著躺在床上的和人。帶著夕陽色彩的晚風吹進房裡搖晃著窗簾，讓病房裡充滿了波斯菊的香味。

「和人……也已經十六歲了呢……」

翠這麼囁嚅了一句。

「……回想起來，那件事簡直就像昨天才剛發生過一樣。當我和峰嵩在客廳看電影時，和人忽然從後面對我們說『請告訴我，我真正的父母親是誰』……」

翠稍微上了一點口紅的嘴唇露出帶有懷念氣息的淡淡苦笑，而直葉則是一直盯著這樣的母親看。

「那時候我們真是嚇了一大跳。和人當時才只有十歲，我們本來打算等到直葉升上高中……也就是再過七年才告訴你們，但沒想到那個孩子竟然會去注意到自己電子戶口檔案被消除的紀錄……」

關於這部分直葉倒是頭一次聽見，但她在感到驚訝之前便先跟母親一樣露出了苦笑。

「真像哥哥會做的事。」

「由於實在太令人震驚了，所以我們根本來不及否認。而這好像就是和人他的作戰，峰嵩他事後還嚷著『被設計了』然後後悔不已呢。」

兩人「啊哈哈」笑了幾聲之後，又沉默地凝視著熟睡的和人。

雖然從懂事開始就一直和哥哥桐谷和人在一起生活，但正確來說他其實是直葉的「表哥」。

對桐谷峰嵩與桐谷翠夫妻親生的女兒直葉來說，和人是翠的姊姊，也就是直葉的阿姨所生的小孩。阿姨夫妻在獨子還不到一歲便發生事故而過世，重傷之下好不容易撿回一條命的和人則由翠領養。

雙親是在兩年前的冬天——也就是和人被囚禁在「Sword Art Online刀劍神域」這個假想世界後不久才告訴直葉這個事實。原本已經因為事件而遭受極大打擊的直葉情緒因此而更加混亂，甚至對著翠怒吼為什麼不早點告訴我、為何事到如今才告訴我。

即使已經過了兩年的時間，直葉心裡還是存有只有自己一個人被排除在外的疏離感。但到了最近，她才好不容易可以理解當時父母親的心情。

父母親之所以會把這個原本預定保留到直葉上高中時的秘密提早告訴她，是想趁和人仍在世時告訴她全部事實，所以才會做出這樣苦澀的決定。在SAO事件發生後的一個月內，已經出現高達兩千人的死者。面對這種狀況，他們兩個人無論願不願意，都必須對和人的死有所覺悟。所以在處理完所有事情之後，父母親應該就是抱持著——至少不要讓直葉對這件「一直不知道的事情」感到後悔，才會提早告訴她真相吧。

直葉就這樣帶著各種互相矛盾的感情頻繁地到和人病房來探望他，心裡還拚命思索著「和人不是自己的親生哥哥」這件事，對自己究竟會造成什麼樣的損失。

最後她終於得到「沒有任何損失」的答案。

完全不會有任何改變。也不會有絲毫損失。不論是知道真相之前或是之後，自己都一樣祈禱和人能夠活著並且平安歸來。

而這兩年來，直葉的祈禱一直都只有實現了一半。

「媽媽…………」

直葉凝視著和人的側臉，小聲地說道。

「怎麼了？」

「……妳覺得哥哥是不是因為這個緣故……所以才會一升上國中便老是沉浸在網路遊戲裡面？」

雖然問題省略了「因為不是桐谷家親生的小孩」這些內容，但翠還是馬上就搖頭回答：

「不會的，跟那沒有關係。因為這孩子，六歲的時候便拿我房間不用的零件自己組了一台電腦唷。應該說他在精神方面有得到我ＰＣ狂熱者的遺傳吧。」

直葉嘻嘻一笑之後，便用手肘頂了一下母親的手臂。

「這麼一說，我就想起以前曾經聽奶奶說過，媽媽在小時候就很喜歡玩遊戲了。」

「是啊，我從小學生的時候就開始玩網路遊戲了。和人哪比得上我呢。」

兩個人再度發出聲音笑了一陣子後，翠便用充滿慈愛的眼神注視著病床。

「……但是我不論玩哪一款遊戲，都從來沒有名列前矛過。應該是毅力和恆心不足吧。這方面他不像我，反而是和妳比較相像呢。就是因為和持續練了八年劍道的妳有這種共同點，所以他才能到現在還存活著。說不定不久之後就要醒過來了呢。」

桐谷翠將手輕放在直葉頭上然後站起身來。

「那我先回去了。妳也別太晚回家啊。」

「嗯，我知道了。」

直葉點了點頭。翠再度看了和人一眼後，小聲說了句「生日快樂」。接著便迅速眨了幾下眼睛，轉身快步離開病房。

直葉把兩手放在制服裙子上，用力深呼吸之後，再度看著覆蓋在哥哥頭上的頭盔ＬＥＤ指示燈。

表示網路連線與大腦連線的藍色星星正繁忙地不斷閃爍著。

和人處於遙遠ＳＡＯ伺服器裡的意識，現在正藉由NERvGear取得無數的訊號。

哥哥目前到底在什麼地方呢。是不是正一隻手拿著地圖，迷失在昏暗的迷宮當中。還是在道具屋裡面請人估價商品。又或者是——正勇敢拿著劍與恐怖的怪物作戰呢。

直葉悄悄伸出雙手，再度包裹住和人那又白又細的右手。

現實世界裡，和人皮膚的所有感覺都在脊髓處被NERvGear取消而無法傳遞至大腦。但直葉還是相信只要這麼握住他的手，自己的鼓勵就能夠傳達到他心裡面去。

因為直葉還能感覺到從哥哥——正確來說應該是表哥的靈魂所散發出來的熱量。也能感覺到他想要回到現實世界來的強烈意志。

在白色窗簾外面搖曳的金色光芒，在不久之後轉變成朱紅色，接著又變為紫色。直到病房被一片昏暗所包圍時，直葉依然待在裡面。她完全沒有任何動作，只是持續聽著哥哥那細微的鼻息。

而接到醫院和人已經醒過來的緊急通知，則是在一個月後的二〇二四年十一月七日那一天。

1

喀噹、喀噹。

白木搖椅在屋簷下發出輕快的聲響。

晚秋柔和的日照透過柏樹樹梢投射過來。微風渡過遙遠的湖面吹拂到身上。

把臉頰靠在我胸口暫做歇息的女孩發出微微的鼻息。

充滿黃金色彩的靜謐時光就這樣逐漸流逝。

喀噹、喀噹。

我一邊搖著椅子，一邊靜靜撫摸她栗色的頭髮。即使在睡眠當中，她的嘴唇依然露出輕微的笑意。

此時一群小松鼠正在前面的庭院裡嬉戲。背後廚房裡正咕嘟咕嘟地煮著燉肉。我打從內心期盼著，以這座位於森林深處小房子為中心的優雅世界，能夠像這樣永遠持續下去。但其實我自己也很清楚，這個願望是不可能實現的。

喀噹、喀噹。

每當椅腳發出聲音，時間的沙漏也不斷跟著流逝。

為了抵抗這種情形，我準備用力抱緊躺在我胸口的女孩。

但是兩腕卻只能空虛地抱住空氣。

我猛然睜開雙眼。前一刻還與我肌膚相親的女孩，下個瞬間便像煙一般消失不見。我撐起身體，看著四周圍環境。

夕陽的顏色簡直就像舞台佈景一般愈來愈濃厚。悄聲接近的黑暗，將森林整個吞噬。

我在逐漸變冷的風中站起身，呼叫著她的名字。

但卻沒有得到任何回答。松鼠群消失之後的庭院、背後的廚房裡都找不到她的身影。

不知何時，住家附近已經完全被一片黑暗所包圍。小屋子的家具與牆壁就像紙工藝品一樣，不斷地倒落並且消失。不久後只剩我和搖椅被留在黑暗當中。明明沒有人坐在上面，椅子卻依然不停搖晃著。

喀噹、喀噹。

喀噹、喀噹。

我閉上眼睛、摀住耳朵，用盡全身力氣呼喊著女孩的名字。

由於我的呼喊聲實在太過於真實，所以就算清醒之後，也不知道那只是在夢中的呼喊，或是自己確實大聲叫了出來。

我依然躺在床上，試著想要回到剛剛夢境的起點而暫時閉上了眼睛，不久之後才宣告放棄並稍微撐開眼瞼。

映入視線的不是醫院的白色壁板，而是由細長木板貼合起來的牆壁。床的材質也不是凝膠，而是上面鋪有棉質被單的床墊，當然手腕上也沒有點滴或者注射器。

這裡是我——桐谷和人在現實世界裡的房間。

我撐起身體之後，環視了一下周圍環境。在這個六張榻榻米大小的房間裡，鋪的是現在十分難得一見的天然木地板。整間房間的陳設十分簡單，除了電腦桌、壁櫥，以及如今我正坐在上面的鐵管床三件家具以外，別無他物。

直立式壁櫥中層裡，放著一個深藍色的老舊頭盔。

這個名為「NERvGear」的東西，是將我困在那個假想世界裡長達兩年之久的完全潛行式VR連結裝置。經過漫長的苦戰之後，我好不容易從這個機器裡被解放出來，也才能夠像現在這樣，用眼睛、用觸摸來感受這個真實世界。

是的，我成功回來了。

但是與我一同戰鬥且心靈相通的女孩卻……

我用力眨了一下眼睛，把視線從NERvGear上面移開後站起身來。接著往掛在床對面的鏡子瞄了一眼。埋在鏡子裡的ＥＬ面板在我臉上顯現出現在的日期與時間。

二〇二五年一月十九日，禮拜天。上午七點十五分。

回到現實世界已經過了兩個月的時間，然而我到現在都還無法習慣自己的這種姿態。雖然過去曾經存在的劍士桐人與現在的我·桐谷和人基本上有著相同的容貌，但暴跌之後仍未恢復的體重讓Ｔ恤下面瘦骨嶙峋的身體顯得相當虛弱。

我注意到鏡子裡頭自己的臉頰上有兩道淚痕，於是便用右手將它們擦掉。

「我變成一個愛哭鬼了……亞絲娜。」

當我嘴裡這麼說完後，便朝著房間南側的大窗戶走了過去。兩手將窗簾拉開後，冬日早晨略為溫和的陽光馬上將房間裡染成一片薄薄的黃色。

＊＊＊

桐谷直葉敏捷地踏著庭院裡的霜柱，讓地面發出一陣沙沙的悅耳聲。

前幾天下的雪雖然都已經融化，但一月中旬的早晨空氣依然相當冷冽。

她在結了一層薄冰的池塘邊緣停了下來後，先將握在右手上的竹劍靠到旁邊的黑松樹上，之後為了將殘存的睡意從身體裡趕出來，開始大口地深呼吸，再將兩手放在膝蓋上，開始做起伸展運動。

身上仍然有些僵硬的肌肉開始逐漸恢復彈性。隨著血液開始慢慢流過腳指、阿基里斯腱、小腿等部位，身上同時也有了一股刺痛的感覺。

當她將併攏的雙手往下伸去，腰部跟著向前傾時——忽然又停止動作。因為她發現朝著池塘探出身子的自己，身影完全映照在今晨剛結的薄冰上。

倒影裡的她眉毛上方以及齊肩的頭髮黑到甚至可以說有些發亮。而同樣是深黑色的粗厚眉毛與下方又大又帶點好勝氣息的雙眼，給映在冰面上的少女一種男孩子般的氣息。一身復古的白色道服與黑色和式褲裙則更添加了幾分陽剛味。

——果然……跟哥哥長得不像……

這是最近常浮現在她腦袋裡的想法。每當在洗臉台或是玄關的鏡子裡看見自己的臉，這個想法便會浮現出來。當然她並不討厭自己的容貌，而且本來就對外表不是那麼在意。但是自從哥哥·和人回到家裡來之後，她總是會忍不住在腦袋裡比較彼此的長相。

——想再多也沒有用。

直葉用力搖了搖頭之後，再度開始伸展運動。

暖身結束之後，少女拿起靠在黑松樹上的竹劍。手掌用力握住竹劍之後，長年使用的熟悉感觸便傳了過來，她挺直了身體擺出中段的架式。

她用這個姿勢調整了一下呼吸——然後隨著氣勢從正面將竹劍揮下。數隻麻雀被撕裂早晨空氣的風聲所驚嚇，從頭上的樹梢飛了起來。

桐谷家位於埼玉縣南部的某個古老城鎮。而且還是在保有舊時街道區域裡的一棟古老日式建築。他們家在當地還算是名門，而直葉四年前過世的爺爺，也是個行事帶有古風的嚴厲人物。

他長年任職警察的工作，年輕時劍道的技術便已經相當有名。原本期待獨生子，也就是直葉的父親能夠繼承衣缽，但父親高中畢業後便放棄劍道前往美國就讀大學，之後任職於外商證券公司。雖然因為轉調回日本分公司而認識母親並且結婚，但之後也是過著往來於太平洋之間的生活，所以祖父便轉將期望寄託於直葉與長她一歲的和人身上。

直葉與哥哥從就讀小學的時候開始，便同時在附近的道場裡學習劍道，但是由於受到擔任電腦雜誌編輯的母親影響，哥哥喜歡鍵盤的程度更勝於竹劍，於是只學了兩年便放棄了。反而原本只是跟著哥哥一起去學劍的直葉，卻不知為何特別喜歡這項運動，即使現在祖父已經過世也持續握著竹劍。

直葉今年十五歲。在去年國中的最後一次大賽裡拿到全國前幾名的成績，春天時已經確定可以推甄進入擁有知名劍道社團的學校。

只不過——

之前她對自己今後的發展從來沒有猶豫過。除了原本就相當喜歡劍道之外，能夠回應周圍的期待更是令她相當高興。

但是就在兩年前，自從哥哥被捲進那件震驚全日本的事件之後，直葉心裡便有了難以忽略的動搖，或者也可以說是懊悔產生。自從直葉七歲時哥哥放棄劍道後，兩人之間便有了一道很深的鴻溝，而直葉非常後悔自己沒有努力去消弭這道隔閡。

哥哥自從放棄劍道之後，便開始像是要填補內心渴望已久的慾望般沉溺在電腦當中。他從小學生的時候便自己用零件組裝電腦，甚至還一邊接受母親的指導，一邊學習寫起程式來。對直葉來說，哥哥所說的話就像外文一樣難懂。

當然，直葉在學校也學過怎麼樣操作電腦，房間裡面也放了一台小型電腦。但她頂多只會利用它來收發電子信件或是瀏覽網頁而已，哥哥所在的世界實在不是直葉所能夠理解。尤其是對於哥哥埋首其中的網路ＲＰＧ遊戲，她更是有種巨大的排斥感。她實在不覺得自己有辦法戴上虛偽的面具，然後和同樣戴著面具的人一起親切地對話。

很小的時候，直葉與哥哥之間的關係可以說親密到連兩人的朋友都相當嫉妒。之後直葉為了彌補哥哥進入另一個世界後所產生的寂寞，只有把全部精神都灌注在劍道上面。而她愈是專心，兩人間的距離也就愈加遙遠，最後甚至已經演變成習慣沒什麼對話的狀況。

但是其實她的內心時常感到寂寞。她很想跟哥哥多說點話，很想理解哥哥所在的世界，也很希望他能夠來看自己比賽。

遺憾的是，在她把自己心情表明出來之前便發生了那個事件。

如惡夢般的遊戲「ＳＡＯ刀劍神域」。將日本全國一萬名年輕人的意識囚禁在電子牢獄當中，讓他們陷入漫長的睡眠。

就在哥哥被送到埼玉市的大型醫院裡，直葉首次去探病當天。

當她看到被許多管線綁住、頭上罩著可憎NERvGear而陷入沉睡的哥哥時，直葉發出了可說是有生以來第一次的嚎啕大哭。當時她就這麼抱著哥哥的身體，放聲痛哭。

說不定再也沒有跟他說話的機會了。為什麼自己沒有早點努力消弭與哥哥之間的距離呢。那其實一點都不困難，自己明明就可以辦得到。

就是從這個時候起，直葉開始認真思考自己持續練習劍道的意義與動機究竟何在。但是無論她再怎麼思考，依然還是得不到任何答案。就在沒有哥哥的生活中，直葉渡過了十四歲、十五歲的人生，然後在周圍眾人的建議之下，決定就讀推薦甄試的學校。不過她內心還是相當懷疑，自己是不是真的應該就這樣，順著這條路繼續地走下去。

等哥哥醒過來之後，一定要好好地跟他說說話。要把自己的煩惱與迷惘全部說出來，並且請他給我建議。直葉在心裡下了這樣的決心。而就在兩個月前，奇蹟終於出現了。哥哥靠著自己的力量掙脫詛咒，成功地回到現實世界。

——但是這時候，哥哥與自己之間的關係卻產生了很重大的變化。直葉從母親口中知道，和人不是自己的親生哥哥，正確來說應該算是自己的表哥。

因為父親峰嵩是獨子，而母親翠唯一的姊姊也在很年輕時便已經過世，所以到目前為止直葉都沒有任何表兄弟的存在。因此就算突然告訴她和人其實是阿姨的小孩，她也搞不清楚兩者之間具體上的差距在哪裡。感覺上似乎變得十分遙遠，但又有種什麼都沒改變的感覺。到現在為止，她還是沒辦法說用言語表達清楚自己與和人之間的關係。

不對……只有某一點確實有所改變了……

在內心輕輕地這麼說道後，直葉便像是要斬斷思考般迅速地將竹劍用力揮下。由於害怕繼續再想下去，她只好把意識集中在身體上，好讓自己持續不斷地揮著竹劍。

當結束規定的次數後，太陽角度已經有了相當大的變化。她一邊擦著額頭的汗水，一邊放下竹劍，轉身面向後方——

「啊——」

當直葉看向房子時，馬上就停下了腳步。

身穿汗衫的和人不知道從什麼時候起就坐在走廊上看著她，兩人眼神對上之後，他便咧嘴笑了一下，接著開口說了聲：

「早啊。」

在打招呼的同時，他也把拿在右手上的迷你瓶裝礦泉水朝她丟了過來。直葉用左手接住礦泉水之後，回應他說道：

「早、早啊。真是的……在旁邊看就出個聲音嘛。」

「我看妳這麼努力在練習，就不好意思打擾……」

「才沒有呢。因為這已經變成習慣了……」

直葉心裡一邊對於這兩個月來，已經可以像這樣自然進行對話感到相當高興，一邊在桐人右邊隔了一點距離的地方坐了下來。將竹劍直立著放好之後，直葉扭開寶特瓶瓶蓋將瓶口放進嘴裡，接著冰涼的液體便舒暢地流進火熱的身體裡面。

「說得也是，妳都已經持續這麼久了……」

和人用右手握住直葉的竹劍之後，坐在原地稍微揮動了一下。但馬上就歪著頭說：

「真輕……」

「咦咦？」

直葉將嘴裡的瓶口拿出來，看了和人一眼。

「那是竹製的，所以還滿重的唷。跟碳素纖維製的比起來差了有五十公克呢。」

「啊，嗯。應該說……比想像中輕……還是該說比較起來……」

和人輕輕地將直葉手裡的寶特瓶搶過來，然後把剩下來的水一口氣全部喝光。

「啊……」

直葉不由得臉紅了起來，接著像是要掩飾自己的尷尬般噘起嘴說：

「跟、跟什麼東西相比啊？」

但和人沒有回答，他只是將空寶特瓶放在走廊然後站起身來。

「直葉，要不要跟我比一場呢？」

直葉啞口無言地抬頭看著桐人。

「比一場……你是說劍道嗎？」

「嗯。」

原本應該對劍道沒興趣的桐人竟然理所當然似地點了點頭。

「要戴上護具……？」

「嗯——雖然說點到為止就可以了……不過要是讓直葉受傷可就不好了。爺爺的護具應該還在吧，我們在道場裡比。」

「哦——」

直葉忘了方才對桐人為什麼現在還說出這種話的疑慮，忍不住笑了出來。

「哥哥應該有很長一段時間沒有碰過劍道了吧？有可能贏得過全國大賽國中部前八強的我

嗎？而且……」

她表情一換，正色說道：

「你身體不要緊嗎……？還是不要太勉強……」

「呵呵，讓妳見識一下我每天在健身房復健的成果。」

和人微微一笑之後，便快步朝房子後方走去。直葉則是急忙從後面跟上。

佔地十分寬廣的桐谷家，在本館東側還建有一間雖然不大但相當完善的道場。由於祖父遺言中特別指示不能將它拆掉，直葉也每天都在這裡面練習，所以整個道場保養得還算不錯。

光著腳進入道場的兩個人輕輕行了個禮，然後便各自開始準備了起來。幸好祖父的體格與現在的和人相差不大，所以找出來的護具雖然舊了一點但大小卻是剛好。兩人同時綁好面具的繩子，在道場中央彼此正面相對。接著再度行了個禮。

直葉從蹲姿迅速站起身後，用心愛的竹劍擺出中段架勢。而另一方面和人則是——

「那、那是什麼動作啊，哥哥。」

一見到和人擺出來的姿勢，直葉馬上忍不住笑了出來。那個動作真的只能用奇特兩字形容。他把左腳放在前面並且斜向面對著直葉，接著腰部下沉然後將右手上的竹劍尖端下垂到幾乎快碰地板的程度。左手則只是輕輕靠在竹劍的柄上而已。

「如果有裁判的話，看見你這種姿勢一定會火冒三丈的喔～」

「妳別管，這是我自己的劍術。」

直葉心裡其實相當不以為然，但她還是再度擺好架勢。和人則是將兩腳間的距離更為拉開，重心整個向下一沉。

正當直葉想對和人露出一大片破綻的半邊身體進攻而蓄力準備向前衝時，心裡又覺得有些不對勁。和人那亂七八糟的架勢怎麼忽然變得像回事了。雖然全身都是破綻，但又無法輕易對他發動攻勢。簡直就像他已經用這個姿勢練習了許多年一樣——

但這是不可能的事。和人握竹劍的經驗僅限於七歲與八歲這兩年的時間，而這段時間裡面他應該只學到些劍道的基礎而已。

和人像是看透直葉的猶豫般突然展開攻擊。他蹲低了身子像滑行般移動，竹劍也從右下方往上挑起。雖然速度不是相當驚人，但實在出乎人意料之外，這讓直葉反射性地跟著動了起來。她跨出右腳，大喊一聲：

「手！」

竹劍隨著聲音朝和人的下臂揮落。這原本應該是絕佳的時機——但直葉的一擊卻完全揮空了。

對方用難以置信的動作躲開攻擊。和人的左手離開劍柄然後整個貼在身體上。直葉因為對方怎麼有辦法做出這種動作而大吃一驚，這時和人單用右手握住的竹劍朝她的臉飛來。直葉將脖子一扭，好不容易避開了攻擊。

兩人位置互換，重新取好距離面對彼此後，直葉整個人的意識已經完全切換過來了。她全身血液都像沸騰起來一樣，有種舒適的緊張感。接下來換成直葉發動攻勢。那是她先攻擊下臂再擊中臉部的拿手技——

但和人這次也漂亮地躲過她的攻擊。只見他手臂向內一縮、身體一轉，在千鈞一髮之際閃過直葉的竹劍。直葉驚訝到發不出任何聲音。打突速度在社團裡面獲得一定評價的直葉，印象中從沒有被人那麼漂亮地躲開自己的連續技過。

直葉卯足了全力發動猛烈的攻勢。只見她開始用讓人無法喘息的速度不斷揮劍。但和人這邊則是將她的攻擊全部躲開。只要看見他在面具底下的眼睛，就知道他早已將直葉竹劍的動作完全看透了。

耐不住心焦的直葉，強硬地讓兩人的竹劍相抵。面對直葉鍛鍊已久的腳力以及腰力，和人不由得腳下一個踉蹌。直葉不放過這個失誤，往後退一步之後竹劍隨著必殺的氣勢往和人臉上轟下。

「面～～～～～！」

等她回過神來時，一切都已經太遲了，只見用盡全力的一擊完全在和人面具上炸裂。「啪嘰——！」的尖銳聲音響徹整個道場。

和人往後連退了好幾步後，才好不容易站穩腳步。

「不、不要緊吧，哥哥？」

聽見直葉著急的發問之後，和人像是要表示沒有大礙般輕輕揚起左手。

「……哎呀，我輸了。小直真的很強，我看連希茲克利夫也不是妳的對手。」

「……你真的不要緊嗎……？」

「嗯。結束吧。」

和人這麼說完後便往後退了幾步，接著做出更令人感到不可思議的動作。他將右手的竹劍往左右兩邊一揮，然後插進自己的背後。但他馬上就整個人為之僵硬，手忙腳亂地隔著面具搔著自己的頭。直葉感到愈來愈擔心，於是又開口對他說：

「啊，是不是因為打到頭才……」

「不、不是啦！是長年下來的習慣……」

和人行了個禮之後用力坐下，然後開始解起面罩的繩子。

兩人一起離開道場之後，來到本館後面的洗手台用水將臉上的汗水沖掉。原本只是抱著玩遊戲的心態，但卻在半途認真起來，現在整個身體都熱烘烘的。

「不過真是嚇了我一大跳。哥哥你是什麼時候開始練習的？」

「嗯——節奏還算可以但是攻擊就……沒有系統輔助的話果然還是沒辦法使出劍技……」

和人嘴裡又開始呢喃著意義不明的話。

「不過還是很有意思。我就重新來練練看劍道吧……」

「真的？真的嗎？」

「小直，妳願意教我嗎？」

直葉忍不住激動地問道。她也知道自己的臉上正綻放出笑容。

「當、當然囉！我們再一起練習吧！」

「等我再多長一點肉回來吧。」

被和人用力搔了搔頭後，直葉發出「嘿嘿」的笑聲。光是想到又可以和哥哥一起練習劍道，就已經讓她高興到快哭出來了。

「那個——哥哥，我也……」

雖然不知道和人為什麼又開始想練劍道，但因為過於高興而讓直葉想講出自己新的興趣。可是她馬上又改變想法，閉上了嘴巴。

「嗯？」

「沒事——現在還是先不要講好了。」

「什麼嘛！」

兩人一邊用大毛巾擦著頭，一邊從後門進到家裡。由於母親總是睡到快中午才起床，所以早餐通常是由直葉來負責，不過最近和人也開始和她輪流準備起早餐來了。

「那我先去沖個澡。哥哥今天有什麼打算？」

「啊……我今天……要去醫院……」

「……」

聽見和人回答自己隨口提出的問題後，直葉興奮的心情開始有些冷卻下來。

「這樣啊。你又要去探望那個人是吧。」

「嗯嗯……我能做的也只有這麼一點事情了……」

大概在一個月前，直葉從和人那裡聽說他在那個世界裡面有了相當重要的伴侶。當時他們在和人的房裡靠著牆壁並排坐著，和人手上捧著咖啡杯，對著直葉娓娓道出事情的經過。如果是以前的直葉，實在沒辦法相信可以在假想世界裡面喜歡上一個人。但是現在的她似乎可以了解這種心情。再加上——和人在提到那個人的事情時，眼眶裡還含著眼淚——

和人表示直到最後一刻都他還和那個女孩在一起。他們兩個人應該一起回到現實世界來了才對。但是事實上只有和人的意識回歸，那個人到現在還是處於沉睡狀態。沒有任何人能知道——究竟發生了什麼事，或者應該說有什麼事正在發生。之後和人不到三天便會到收容那個沉睡女孩的醫院去一趟。

直葉在心裡想像著和人坐在心愛的人面前，然後就和過去的直葉一樣握住對方的手，在內心拚命地呼喚著女孩名字。每當直葉腦袋裡浮現這種模樣的和人，就會有股難以形容的感覺襲上心頭。先是內心深處感到一陣刺痛，接著開始覺得呼吸困難。讓她想用雙手抱緊自己，然後整個人癱坐到地面上。

直葉希望和人臉上能常保笑容。從那個世界回來之後，和人很明顯比過去要開朗多了。他不但常和直葉說話，也變得非常溫柔，而且讓人感覺不到有任何一絲勉強。簡直就像——回到兩個人小時候一樣。所以直葉才會一見到和人的眼淚，胸口便感到一陣難過。直葉在心裡這麼對自己說道。

——但是，我已經注意到了……

注意到和人因為想起那個人而低下頭時，自己胸中的那股刺痛感裡，其實還隱藏著另一種心情。

在廚房入口處，直葉一邊凝視著把牛奶倒進杯子裡然後大口喝下的和人，一邊在心裡嚅囁著。

——哥哥……我已經知道那件事了。

從兄妹變成表兄妹，直葉還不是很能理解這其中到底有什麼差別。

但是，她可以確定有一件事情改變了。那是至今為止從來沒有想過，但一直隱藏在內心深處的小小秘密。

那就是，「這麼說來我喜歡上哥哥也沒有關係囉」這件事。

＊＊＊

我迅速沖完澡、換好衣服，然後便跨上一個月前買的登山腳踏車離開家門，緩緩向著南方騎去。到達目的地為止單程大概有十五公里，雖說這個距離騎腳踏車來回算是有些辛苦，但對於復健中的我來說這樣的負擔算是剛好。

接下來要去的地方是位於埼玉縣所澤市郊外最先端的綜合醫院。亞絲娜正靜靜地沉睡在頂樓的病房當中。

兩個月前，當我在ＳＡＯ的舞台「浮遊城艾恩葛朗特」第七十五層，打倒最終魔王「神聖劍」希茲克利夫時，那個死亡遊戲便被完全攻略了。之後我便在不知名的病房裡醒過來，體認到自己已經回到現實世界裡。

但是，那個女孩——我的攻略夥伴，同時也是我最愛的細劍使「閃光」亞絲娜卻沒有回來。

要得知她的消息其實不是那麼困難。當我在東京的醫院裡醒過來之後，踩著虛浮腳步離開病房的我馬上就被護士發現並帶了回去。幾十分鐘之後，有個穿西裝的男人帶著急促呼吸跑來找我。他自稱是「總務省ＳＡＯ事件對應本部」的人。

聽說這個有著響亮名稱的組織是在ＳＡＯ事件發生之後組成，但在這兩年裡卻什麼事都沒有做。其實這也沒辦法責怪他們。因為隨便入侵伺服器而沒辦法解除事件主謀，也就是程式設計師．茅場晶彥所設計的保護程式的話，一萬人的腦袋將會一起被煮熟。沒有人可以負得起這種責任。

他們能做的，就只有讓受害者能接受到完善的醫療保護以及——其實光是這點就可以說非常了不起了——把極少數的玩家檔案呈現在螢幕上面。

他們就是這樣從我的等級以及存在座標上得知，我是比「攻略組」還要厲害的玩家。因此去年十一月，被囚禁在ＳＡＯ裡的玩家們突然覺醒時，他們才會為了要得知究竟發生什麼事而急忙衝到病房來對我提出偵訊。

當時我對忽然出現的黑框眼鏡男提出了這樣的要求。我願意把所有知道的事情都說出來，但他們也必須把我想知道的情報告訴我。

我想知道的情報，當然就是亞絲娜究竟在什麼地方。眼鏡男用手機打了好幾通電話之後，才用不知如何是好的表情對我說：

「結城明日奈被收容在所澤的醫院裡。但她還沒醒過來……其實不只是她，全國還有大約三百名玩家還沒有醒過來。」

當初還以為是伺服器在處理上發生了延遲。但經過了好幾個小時甚至好幾天之後，包含亞絲娜在內的三百名玩家都沒有醒過來。

行蹤不明的茅場晶彥所策劃的陰謀依然沒有結束，這個話題在社會大眾之中又引起了一陣騷動。但是我卻不這麼認為。因為我還記得以崩壞的浮遊城艾恩葛朗特作為背景，我和他在橘色世界那短短幾分鐘的對話裡，他的眼神是那麼地清澈。

他確實說過要解放所有存活下來的玩家。在那種情況之下，茅場晶彥實在沒有說謊的必要。我相信他一定會親自結束那個世界，並且把一切相關檔案都給消除。

但不知道是發生了什麼意外或者是人為所致，原本應該被完全格式化的ＳＡＯ主要伺服器，現在依然像不可侵犯的黑洞般持續運作著。而亞絲娜的NERvGear現在依然把她的靈魂囚禁在伺服器裡面。目前我已經沒辦法得知裡面究竟發生了什麼事情。但如果可以再次回到那個世界的話——

直葉如果知道一定會很生氣吧，其實我曾經有一次寫下留言，然後在自己房間裡起動NERvGear試著連線到ＳＡＯ的伺服器去。但我眼前只出現「無法連接伺服器」這種不帶任何感情的字樣。

從我復健告一段落可以自由行動開始，我便盡可能地定期造訪亞絲娜沉睡的病房，直到現在。

那其實是段相當痛苦的時間。被強迫與愛人分開的那種疼痛，讓我靈魂受到很深的傷害。我也知道自己的內心正在淌血。但這是我現在唯一能做的事。現在的我，只是一個無力且卑微的存在。

我慢慢踩著踏板，四十分鐘後離開幹線道路爬上丘陵地帶的蜿蜒小道，最後眼前終於出現一棟巨大建築物。那是私人企業所經營的高級醫療機構。

我對著之前曾經被他確認過好幾次身分，現在則已經很熟稔的警衛舉了一下手後通過正門，在廣大的停車場角落停好腳踏車。接著在可以媲美高級飯店大廳的一樓櫃台辦好通行證，將它別在胸口的口袋後便坐上了電梯。

才幾秒鐘我就來到最上端的第十八樓，電梯門平順地打開。來到無人的走廊後直接向南方走去。這個樓層有許多長期住院的病患，不過很少看見其他人影。不久後我來到走道盡頭，可以見到那裡有道塗成淺綠色的房門。門旁邊牆壁上可以看到發出暗沉光芒的名牌。

在寫著「結城明日奈　小姐」的名牌下方，有一條微小的細縫。我把胸口的通行證拿下來，將它的下端在細縫裡滑過。門馬上就隨著細微的電子聲打開。

剛往房門內走了一步，馬上就有股清爽的花香包圍著我。即使在冬天，房間正中央依然有色彩繽紛的鮮花點綴。寬廣的病房深處有門簾將空間分隔開來，我慢慢朝著那裡走了過去。

希望門簾對面的女孩已經醒過來了──我把手放在布上，內心祈求奇蹟能夠發生。接著便悄悄拉開門簾。

最新科技的全自動看護床。與我當初使用的病床同樣是由軟膠材質所製成。潔白、乾淨的棉被反射低照的陽光發出淡淡的光芒。那女孩就睡在中央──

我首次到這裡來時，曾經想過她會不會不希望被我看見自己這種沒有意識的模樣。但很快我就知道那只是我無謂的擔心，她依然是那麼美麗。

光豔的深栗色頭髮大量散佈在床墊上。可能是醫院無微不致照顧的關係吧，她那幾乎可以說是透明的嫩白肌膚看起來根本就不像個病人。臉頰上甚至還殘留著一絲緋紅。

體重看起來也沒有減輕許多。從脖子到鎖骨的光滑線條可以說跟在那個世界時沒有兩樣。只要沒有那個覆蓋住她頭部的深藍色頭盔，她那粉紅色的櫻唇或者是細長的睫毛，感覺似乎隨時都會顫動並且就此張開。

NERvGear的三顆ＬＥＤ顯示燈都發出藍色光芒，有時候甚至會像星星般閃爍，而這便是正常接收訊息當中的證明。現在這個瞬間，她的靈魂也仍然被囚禁在某個世界當中。

我悄悄用雙手覆蓋住她的小手。好讓自己感覺到一點她的體溫。那雙過去曾觸摸我的身體、環繞我背部、和我緊緊相握的手與過去沒什麼不同。我感到呼吸困難，拚命忍住快要溢出來的淚水，輕輕呼喊著：

「亞絲娜……」

床邊的時鐘發出微弱鈴聲將我的意識拉回現實世界。往時鐘一看，才發現已經中午了。

「我該回去了，亞絲娜。不過我馬上會再來看妳……」

當我小聲說完準備站起身時，背後傳來開門的聲音。轉過頭去，馬上就看見兩名男性正走進房間裡。

「哦哦，你來了嗎，桐谷小弟。謝謝你常來看明日奈。」

眼前這個身材魁梧的五十歲左右男性笑著說道。他穿著相當合身的三件式西服，與體格不符的緊實臉孔流露一股相當幹練的精力。只能從那全部往後梳的一頭銀髮上窺知他這兩年來心裡的煎熬。

他是亞絲娜的父親，結城彰三。我雖然曾聽亞絲娜提過她的父親是一位企業家，但實際知道他是綜合電子儀器製造商「ＲＣＴ」的ＣＥＯ時，著實讓我嚇了一大跳。

我輕輕低下頭，開口說道：

「您好，我又來打擾了，結城先生。」

「哪裡的話，你隨時都能來。這孩子也會很高興的。」

結城先生靠近亞絲娜枕邊，輕輕摸著她的頭髮。只見他暫時陷入沉思狀態，不久後又抬起頭，向我介紹身後的另一位男性。

「你是第一次見到他吧。他是我們研究所的須鄉主任。」

第一印象感覺對方是位相當不錯的年輕人。高大的身上穿著暗灰色西裝，略長的臉上戴著無框眼鏡。薄薄鏡片底下的兩眼像線一樣細，簡直就像永遠帶著笑容一般。外表看起來相當年輕，年紀應該不到三十歲。

那個名叫須鄉的男人一邊對我伸出右手，一邊如此說道：

「你好，我叫須鄉伸之。原來你就是那個英雄桐人嗎——」

「我是桐谷和人……請多指教。」

我邊和須鄉握手邊瞄了結城彰三一眼。結果他摸著下巴輕輕縮了縮頭。

「抱歉。SAO伺服器內部的事情應該是不准對別人提起的。但過程實在太戲劇化了，所以我不禁就對他提起了。他是我得意手下的兒子。從以前就像是我家人一樣。」

「對了，社長，關於那件事——」

須鄉放開我的手之後，轉身面向彰三先生。

「我想下個月是不是就能夠正式決定了呢？」

「——這樣啊。但你真的願意嗎？你還那麼年輕，往後還有大好的人生……」

「我的心意從以前就一直沒改變過。趁明日奈小姐還是如此美麗時……我想趕快讓她穿上婚紗。」

「……說得也是。確實是時候該做出決定了……」

完全不知道這些話是什麼意思的我只能保持沉默，結果彰三先生往我這裡看了一眼。

「那我就先回去了。桐谷小弟，下次見了。」

結城彰三點了點頭後，轉過龐大身軀朝著門口走去。開關門的聲音再度響起，最後房間裡只剩下我和那個叫做須鄉的男人。

須鄉慢慢繞過病床的下端站到我的對面來。他用左手撈起一把明日奈的頭髮，然後在手裡發出搓揉的聲音。他這種動作，讓我有種言語難以形容的厭惡感。

「……聽說你在遊戲裡面和明日奈一起生活？」

須鄉低著頭這麼說道。

「是的……」

「這樣的話，我和你之間的關係就有點複雜了。」

我與抬起頭來的須鄉四目相對。這一瞬間，我了解到自己對這個男人的第一印象完全是個錯誤。

從他細長眼睛裡，那有點小的瞳孔當中流露出凶惡眼神，然後嘴巴兩端向上吊起微笑著。這種表情讓我腦袋裡只浮現殘酷無情這個形容詞。這時我背部感到一陣寒意。

「剛才的對話呢……」

須鄉像是無法抑制自己愉快的心情般邊笑邊說：

「是在說我要和明日奈結婚的事情……」

我頓時啞口無言。這個男人究竟在說些什麼。須鄉所說的話，帶著凍人的冷氣慢慢纏繞住我的身體。沉默數秒鐘後，我才能擠出這麼一句話。

「不可能……有那種事……」

「確實，在沒有辦法確認本人意願的情況下，法律上是沒辦法登記結婚的。但我將會成為結城家的養子。其實呢……這女孩從以前就很討厭我了。」

須鄉左手的食指沿著亞絲娜的臉頰滑過。

「雙方父母親不清楚這件事，不過如果真的談到婚事的話，我想一定會遭到她拒絕。所以呢，這個狀況對我來說實在是再好也不過了。希望她能夠再睡久一點。」

須鄉的手指接近亞絲娜的嘴唇。

「住手！」

我在無意識下抓住他的手，將之拖離亞絲娜的臉龐。接著我用僵硬的聲音質問道：

「你是想……利用昏睡狀態的亞絲娜嗎！」

須鄉再度咧嘴一笑，將我的手甩開後接著說：

「利用？不，這是行使正當的權力。我說桐谷小弟，你知道開發SAO的『ARGUS』之後怎麼樣了嗎？」

「……我聽說已經解散了。」

「嗯。公司因背負開發費再加上事件賠償金這筆龐大的負債而倒閉。而被委託維持SAO伺服器的就是『RCT』的完全潛行技術研究部門。具體來說，就是我管理的部門。」

須鄉繞過病床前端站到我面前。他那帶著惡魔般微笑的臉直接伸到我面前來。

「──換言之，現在就是我在維持明日奈的生命。所以我要求這一點點的回報有什麼關係呢？」

聽見他的輕語之後，我打心裡確認了一件事情。

這個男人不只是想利用亞絲娜陷入沉睡的狀況，甚至打算拿她的生命來完成自己的目的。

這時我只能呆站在那裡，須鄉看著我的眼睛然後收起見面至今一直貼在他臉上的淺笑，冷冷地命令我說：

「……我不知道你跟她在遊戲裡面做了什麼樣的約定，但我希望你以後不要再來了。也希望你不要再和結城家有任何接觸。」

我緊緊握住拳頭，但什麼事都沒辦法做。經過了宛若凍結的幾秒鐘時間後……

須鄉將身體移開，一邊臉頰似乎因為想忍住狂笑而震動著。他這麼對我說道：

「下個月我們將在病房裡舉行婚禮，屆時也會邀請你過來。那我先走了，你就好好珍惜這最後的時光吧，大英雄。」

這時候真希望自己手裡有把劍。

我想直接貫穿他的心臟，將他的頭砍飛。須鄉完全不理會我的衝動，拍了拍我的肩膀之後便轉身離開病房。

之後自己是怎麼回到家裡，我完全沒有印象。等到回過神來時，我已經坐在自己的床上，呆呆地凝視著牆壁。

「是在說我要和明日奈結婚的事情……」

「現在就是我在維持明日奈的生命……」

我的腦海裡不斷回想起須鄉所說的話。每想起一次，就會有股像燒紅金屬般的憤慨將我貫穿。

但是——這種感覺或許只是我個人的私慾罷了。

須鄉他從以前就與結城家相當熟稔，而事實上他也是亞絲娜的未婚夫。除了結城彰三對他十分信賴之外，他本人也在ＲＣＴ裡面擔任管理職。亞絲娜從很久以前便預定要當他的妻子，跟他比起來我只不過是在假想遊戲裡面接觸到的人而已。我的這股憤恨感，這股不想把亞絲娜交給那個男人的憤怒，難道都只是小孩子的任性而已嗎——

一直以來我都相信，對我們來說只有浮遊城艾恩葛朗特才是真實的世界。在那邊所交談的話、所做的承諾，全部都像寶石一樣光輝耀眼。

但是名為現實的粗糙磨刀石卻無情地將這些回憶磨滅。讓我的記憶逐漸模糊。

「我想一輩子陪伴在桐人身邊——」

亞絲娜說過的話與她的笑容同時遠去。

「抱歉……抱歉亞絲娜……我根本無能為力……」

終於忍耐不住的淚水點點滴落到我握緊的拳頭上。

＊＊＊

「哥哥，換你洗澡囉——」

直葉在二樓和人房間前面喊著。不過卻沒有得到任何回應。

他似乎傍晚時就已經從醫院回來了，但卻一直關在房間裡，連吃晚飯時也沒有下樓。

直葉把手放到門把上，稍微猶豫了一陣子。但一想到和人要是在打瞌睡可是會著涼，手上還是施力扭開門把。

響起喀嚓一聲後，房門稍微打了開來。房間裡面一片黑暗。當直葉心想哥哥果然在睡覺時，從房裡流出足以令人結凍的冷空氣，讓她整個人縮了起來。這一定是沒關窗戶才會這樣。

直葉一邊為哥哥的粗心大意搖頭，一邊躡腳進到房間裡。直葉關上門之後，朝著南側的窗框走了幾步，卻突然發現到原本以為已經睡著的和人正垂頭喪氣地坐在床尾，這讓她嚇得急忙停下腳步。

「啊，哥哥……對不起，我以為你在睡覺……」

直葉急忙這麼說道。一陣短暫沉默之後，和人才用異常虛弱的沙啞聲音說：

「抱歉……讓我一個人靜一靜好嗎。」

「但、但是……在這麼冷的房間裡面……」

直葉畏畏縮縮地伸出手，碰了一下和人的上臂。感覺就像摸到冰塊一樣。

「不行啦，你身體已經這麼冰了，這樣下去會感冒的。你要趕快去泡個澡。」

一口氣說完之後，直葉才在窗戶射進來的街燈照明下，發現和人臉頰上有著一道微微的亮光。

「怎……怎麼了……？」

「我沒事。」

低沉的聲音裡帶有哭音。

「……但是……」

直葉站在那裡一陣子之後，和人像是要擋住她的視線般合起雙手蓋住自己的臉龐。然後用自嘲的聲音囁嚅道：

「我真沒用……明明早就決定……無論發生什麼事情都不能在小直面前露出軟弱的模樣……」

直葉一聽到他這麼說，馬上直覺到發生了什麼事情。她用細微的聲音惶恐地問道：

「那個人……亞絲娜小姐她……怎、怎麼了嗎……？」

和人的身體整個僵硬了起來。他用硬擠出來的聲音說：

「亞絲娜……她到很遠的地方去了……到我伸出手也……抓不住的地方……」

光憑這一點情報根本無法得知究竟發生什麼事。但是看見蜷曲身子，像個小孩一樣哭泣的和人，直葉內心產生極大的動搖。

她關上窗戶、拉上窗簾、把暖氣打開，然後悄悄坐在和人身邊。猶豫了一下後，她毅然用手臂環抱住和人那冰冷的身體。和人原本縮成一團的軀體，這時才整個放鬆。

直葉在和人耳邊呢喃著：

「加油好嗎……不能這麼簡單就放棄自己心愛的人……」

這是她好不容易才想出來的話，但聽見從自己嘴裡說出這種話的瞬間，直葉有種痛徹心扉的感覺。那股痛楚是來自於自己胸口深處確定的情感。這時直葉強烈意識到自己喜歡和人。

——我沒辦法再繼續欺騙自己了。

直葉把懷抱裡和人的身體靜靜地橫放在床上。她將毛毯拉上，接著再把手繞過和人背後。

直葉不斷撫摸著和人的背部，不知道覺間他的嗚咽已經變成小小的呼吸聲。直葉閉著眼睛，內心這麼呢喃著。

——但是我還是只能放棄。只能把這份心意深藏在自己心底。

因為和人的心早已經屬於那個人了。

一滴眼淚劃過直葉的臉頰後滴到床單上，接著馬上消失無蹤。

＊＊＊

在香甜柔軟的溫熱感覺中，我沉沉睡去。

我心裡出現清醒前那種舒適的漂浮感。穿過森林樹梢射進房裡的陽光，安穩地撫摸我的臉頰。

我閉著眼睛將睡在我身邊的女孩抱了過來。一邊感受她的鼻息，一邊慢慢張開眼睛——

「嗚哇？」

我從喉嚨深處發出喊叫，然後保持躺在床上的姿勢向後飛退五十公分。整個人像裝上彈簧般撐起身子，不斷看著四周圍的環境。

這裡不是我常在夢裡看見的——位於艾恩葛朗特第二十二層森林裡的家。這裡是現實世界裡我的房間，我的床上，但除了我之外旁邊還有一個人。

我啞口無言地把毛毯往上捲了起來。然後馬上又將它放了回去，用力甩了甩頭將睡意驅散之後，再度捲起毛毯。可以看見下面略短的黑髮與清晰的眉毛。身穿睡衣的直葉正把頭埋在我的枕頭裡熟睡著。

「這……這到底是怎麼回事啊……」

我拚命試著回想昨天晚上發生了什麼事。對了——昨晚我從醫院回來之後，記得曾經和直葉說過話。直葉她努力安慰著因為身陷絕望深淵而忍不住哭泣的我。而我似乎就那樣陷入睡眠當中。

「我、我怎麼像個小孩一樣……」

我一時之間因為害羞而不知如何自處，恢復過來之後才再度凝視著直葉的睡姿。不過話說回來，怎麼安慰人的人自己卻也睡在這裡了呢……

這時我才回想起，在那個世界也曾發生過同樣的事情。那是在第四十層左右認識的女馴獸師。是個和直葉有點像的女孩。我也曾因為她在我床上睡著而感到手足無措。

我不由得發出微笑。雖然亞絲娜與須鄉的事情現在仍重重壓在我心頭，但昨天那種撕裂心扉的疼痛感似乎已經在夜裡融化掉了。

那個世界——在浮遊城艾恩葛朗特裡的各種回憶，全都是我最珍貴的寶物。無論是高興的事或者是悲傷的事，全部都是真實的記憶。我絕不能看輕它們。我和亞絲娜約定好了。要在這個世界裡再度相遇。所以一定還有我能夠為她做的事情。

當我一想到這裡時，昨晚陷入沉睡前直葉對我說過的話又一次在耳邊響起。

『不能這麼簡單就放棄……』

「嗯嗯……說得也是。」

我低聲說完後便探出身子，用手指戳著直葉的臉頰。

「喂——起床囉小直。天亮囉！」

「嗚嗚～～……」

直葉一邊用喉頭發出不滿的聲音，一邊把毛毯往上拉，我這次則開始捏起她的臉頰。

「快起來。早上練習的時間快過去了。」

「嗯嗯～～……」

直葉好不容易才稍微把眼睛睜開。

「啊……早啊，哥哥……」

她含糊不清地呢喃著，然後撐起身體。

她一臉不可思議地盯著我的臉看了一陣子之後，才開始轉頭看起整個房間。原本無神的雙眼也逐漸變大。同時臉頰也愈來愈紅。

「那、那個，我……」

面紅耳赤的直葉一開始只能張大嘴巴整個人僵在那裡，但不久之後便以猛烈速度跳了起來，然後隨著「喀鏘磅！」這種巨大聲響衝出門去。

「真是的……」

我一邊搔著頭一邊站起身來。打開窗戶後深深吸了口氣，讓冷空氣將盤據在四肢的無力感驅逐出去。

當我正想要去沖澡而準備替換衣物時，「那個通知」便寄到我電腦裡面來了。

由於背後傳來「嗡——」這樣的電子聲，我轉身往桌上看去。觸碰面板型ＰＣ上端的電子信件接收燈號正閃閃發亮。我坐在椅子上，碰了一下滑鼠讓ＥＬ螢幕亮起來。

在我沉睡的那兩年裡，現實世界的電腦構造已經有了很大的改變。雖然舊但十分優良的硬式磁碟機已經完全消失，後繼的固態硬碟也遭到淘汰。在ＭＲＡＭ這種超高速非揮發性記憶體成為主流的現在，幾乎所有操作都不會有所延遲。在我啟動電子郵件軟體的瞬間，收件夾便同時更新，而顯示在寄件者名單最下方的名字——竟然是「艾基爾」。

大約在二十天前，我與在艾恩葛朗特第五十層主街區「阿爾格特」經營雜貨店的巨釜使艾基爾相約於東京見面。當時雖然已經交換彼此的電子郵件信箱，但這還是他第一次跟我連絡。信件的主題是「Look at this」。打開信件之後，發現可能是他太急了吧，本文裡面沒有任何文字，只附加了一張相片而已。

我一邊覺得奇怪一邊用程式開啟影像，但一看見相片的瞬間我便忍不住站了起來，探出身子凝視著螢幕。

那是相當不可思議的構圖。照那種特殊的色彩與照明來判斷，照片裡顯示的應該不是現實世界，而是由多邊形所構成的假想世界。前景是一整面模糊的金色柵欄。柵欄裡面則有一張白色桌子與椅子。有一名身穿白色禮服的女性正坐在椅子上。從柵欄深處可以稍微看見她的側臉——

「亞絲娜……？」

由於影像倍放大了許多倍，所以整個像素相當粗糙。但裡面那名有著栗色長髮的少女，毫無疑問就是亞絲娜。她將雙手併攏放在桌子上，從側臉可以看出她臉上憂鬱的神情。仔細一看，還能發現她背部長有像翅膀一樣的東西。

我抓起桌上的手機，焦急地從電話簿裡找到名字然後撥出電話。連只有幾秒鐘的電話鈴聲都讓我覺得相當漫長。在「噗滋」這種接通的聲音後，艾基爾粗厚低沉的聲音便響了起來。

「喂喂——」

「喂，這張照片是怎麼回事！」

「……我說桐人啊，你至少也報一下姓名好嗎！」

「我沒那種時間！快點告訴我！」

「……這得花上一點時間。你能來我店裡嗎？」

「我馬上就去、現在就去！」

我不等對方回答便掛斷電話，然後抱著替換的衣服衝出房間。用最短時間沖完澡，頭髮沒吹鏡子沒看就穿上鞋騎上腳踏車。我從來不曾覺得前往車站那條熟悉的道路竟是如此漫長。

艾基爾經營的咖啡廳兼酒吧位於台東區御徒町的狹小巷弄裡。整體是用類似蒙上炭灰的木頭所蓋成，只有一塊金屬製的看板掛在小門上好表示這裡就是店家的位置。兩顆骰子形狀的看板上刻著店名「Dicey Cafe」。

門隨著「喀啷」的乾澀鈴聲同時被推開，吧檯裡面的光頭巨漢跟著抬起頭來咧嘴一笑。目前店裡面沒有半個客人。

「唷，來得真快。」

「……你的店還是這麼冷清。竟然可以撐過之前那兩年。」

「少囉唆，我們晚上生意好得很呢。」

我們兩個人就像回到那個世界一樣進行著親切的對話。

我是在上個月底時，試著跟艾基爾取得聯繫。我從總務省人員那裡拿到了一份名單。裡頭有所有我想知道的熟人他們的真實姓名與地址。雖然像克萊因、西田，或者是西莉卡、莉茲貝特等玩家我都想與他們再度見面，但他們目前在現實世界裡一定也有許多事情得花心思去處理與適應，所以我決定隔一陣子再與他們連絡。當我第一次到這家店來時是這麼對艾基爾說的，結果店主當時有點不高興地回我「那就不用顧慮我的狀況嗎？」

當我得知本名是安德魯．基爾博德．密魯茲的艾基爾在現實世界裡也是經營商店時，心裡有種原來如此的感覺。在血統上算是非裔美國人，但聽說他家從父母親那一代起就住在東京，在自己熟悉的御徒町開了這間咖啡廳兼酒吧則是在他二十五歲時的事情。不但生意興隆，還取了個漂亮的太太，正要開始美好人生時卻成了SAO的俘虜。兩年後他回來時其實早已不認為店還會存在，但他的太太卻獨自守住了這家店。可以說是一段非常感人的真實故事。

實際上這裡似乎有許多老顧客。由於打掃得相當仔細，所以全木造店裡所有器具都顯得十分光鮮亮麗，雖然狹窄的店裡只有四張桌子與吧檯而已，但卻飄蕩著一股相當舒適的感覺。

我往皮革坐墊的凳子上一坐，連點杯咖啡都嫌浪費時間，馬上就開始質問艾基爾關於那張照片的事情。

「那張照片到底是怎麼回事？」

店主並沒有馬上回答我的問題，只是把手往吧檯下一伸，拿出一個長方形盒子，然後往我這裡滑過來。我用手指將它停住。

那大約有手掌大的盒子很明顯是一款遊戲軟體。我凝神想確認它是屬於哪種遊戲平台，馬上就注意到右上角印刷著「AmuSphere」的標誌。

「沒聽過這個硬體耶……」

「『AmuSphere』。是我們還在另一個世界時開發出來的。它算是NERvGear的後繼機。」

「…………」

當我以複雜心情看著模擬兩只戒指的商標符號時，艾基爾簡單地加上一些說明。

在發生那麼大的事件之後，NERvGear雖然被人稱做是惡魔機器，但還是阻擋不了完全潛行式遊戲機的市場需求。SAO事件發生之後才經過半年，知名公司拍胸脯保證「這次絕對安全」的後繼機馬上就開始販售，當我們被囚禁在異世界時，其市場佔有率已經超越了固有的定點式遊戲機。而其後繼機就是「AmuSphere」，它也發行了許多款與ＳＡＯ相同類型的遊戲，在全世界獲得相當高的支持度。

這些事情基本上我已經知道，但因為實在提不起興趣去玩同樣類型的遊戲，所以沒有特別了解更詳細的情形。

「那這也是ＶＲＭＭＯ嗎？」

我拿起盒子盯著它看。盒子上的插圖，是從森林深處抬頭往上看的巨大滿月。以這個黃金圓盤作為背景，一對少年和少女拿著劍在天空飛翔。他們一身正統奇幻風格的打扮，兩個人背後長出一對大大的透明翅膀。插圖下方有著非常講究的遊戲名稱標誌——「ALfheim Online」。

「Alf……heim．Online？什麼意思啊……？」

「好像是唸做阿爾普海姆。意思是精靈之國。」

「精靈……怎麼感覺很溫和啊。算是和平系的ＭＭＯ嗎？」

「那你可就錯了。這在某種意義上算是很難入門的遊戲唷。」

艾基爾把冒著熱氣的杯子放在我面前後笑了一笑。我拿起杯子，一邊享受著芳香，一邊接著問道：

「你說很難入門指的是哪方面？」

「算是超級技能制。非常重視玩家的技巧。而且鼓勵ＰＫ。」

「超級……」

「好像是沒有所謂的『等級』。雖然可以反覆使用來提昇各種技能，但就算一直打怪HP也不會增加多少。戰鬥也是依照玩家的運動能力，說起來就像是沒有劍技但有魔法的SAO吧。聽說視覺影像和動作的精準度都直逼SAO那樣高的水準呢。」

「哇……那真是了不起。」

我噘起嘴巴吹起了無聲的口哨。那個浮遊城艾恩葛朗特，是瘋狂天才茅場晶彥灌注了全部精力才構建起來的產品。我實在沒辦法相信，除了他之外還有別的程式設計師能創造出同等級的VR世界。

「那鼓勵PK是？」

「玩家在創造角色時有許多妖精種族可以選擇，而不同種族之間可以互相殘殺。」

「那真是滿難入門的。這種專門做給一小撮人玩的遊戲，就算製作水準再怎麼高也不會有人氣吧。」

我皺著眉頭說完之後，艾基爾那粗線條的嘴角又出現了一抹微笑。

「我原本也是這麼認為，但現在可是大受歡迎唷。聽說是因為能夠『飛行』。」

「能飛……？」

「因為是精靈所以有長翅膀。裡面搭載了什麼飛行引擎，習慣之後不需要搖桿就可以自由飛翔了。」

我不由發出感嘆的聲音。NERvGear發售之後，雖然馬上就有許多飛行系的ＶＲ遊戲，但全部都是在遊戲裡操縱某種裝置來飛行。至於為什麼沒有推出玩家本身可以飛行的遊戲，其實道理相當簡單，那是因為現實世界裡人類本來就沒有翅膀。

在假想世界裡，玩家的身體也能做出跟在現實世界時一樣的動作。但反過來說，現實世界裡人類不可能做到的在遊戲裡面也不可能做到。就算背後長有翅膀，也不知道要運用哪邊的肌肉來活動它們。

在ＳＡＯ裡面，遊戲後半段時我和亞絲娜雖然因為超強跳躍力而可以做出類似飛行的動作，但那終究只是跳躍的延長而已，與自由飛翔還是不一樣。

「能飛行的話那還真是了不起。要怎麼控制翅膀呢。」

「我也不知道。不過聽說相當困難。初學者似乎是單手操縱棒狀搖桿來飛行。」

「……」

我一瞬間興起了想挑戰看看的念頭，但馬上為了打消這種念頭而喝下一大口熱咖啡。

「──嗯，我大致了解這個遊戲了。現在回歸主題，那張照片是怎麼回事。」

艾基爾再度從吧檯下面拿出一張紙放在我的眼前。那是影印機用的光澤相片紙。上面印有我很在意的那張相片。

「你覺得如何？」

聽艾基爾這麼一問，我稍微凝視一下相片後才說：

「真的很像……亞絲娜……」

「你也這麼想嗎？因為是遊戲畫面擷取下來的影像檔所以解析度不高……」

「快點告訴我，這到底是哪裡？」

「就在這裡面啊。ALfheim Online裡面。」

艾基爾從我手上拿走盒子後，把它反過來放在吧檯上。遊戲內容與畫面照片仔細地排列在盒子背後，而中央則有一張整個世界的俯瞰圖。各個種族以放射線形狀割據整個圓形世界，而中央則聳立著一根巨大的樹木。

「這叫做世界樹。」

艾基爾「喀」一聲敲著大樹的插圖如此說道。

「玩家現在的目標是比其他種族先一步到達樹木上方的城堡。」

「用飛的不就可以到了嗎？」

「聽說有所謂的滯空時間，不是可以一直飛行。所以玩家們連這顆樹最下端的樹枝也沒辦法到達。不過每個地方都會有些喜歡幹蠢事的傢伙，有五個人按照身高順序疊羅漢，然後用火箭脫離的方式朝著樹枝前進。」

「哈哈哈，原來如此。雖然蠢但卻不失為一個好方法。」

「唔。他們的計畫可以算是成功，因為已經很靠近樹枝了。雖然最後還是差了一點，但第五個人為了證明自己所到達的高度而在空中拍了好幾張照片。這些照片裡面，好像有一張拍到很奇怪的影像。聽說是拍到了掛在世界樹上的巨大鳥籠。」

「鳥籠……」

我因為他話裡那種不吉祥的感覺而皺起了眉頭。被囚禁起來……這樣的字眼閃過腦海。

「把那張照片放大到極限之後，就是你眼前看見的影像了。」

「但這算是正式的遊戲吧？為什麼亞絲娜會……」

我拿起盒子，再度凝視著它。

接著把視線朝長方形外盒下方看去。遊戲廠商的名稱是「RECT・PROGRESS」。

「喂，你怎麼了桐人？臉色這麼難看。」

「沒事……艾基爾，還有沒有其他的照片？像是除了亞絲娜之外的『SAO未歸還者』也一樣被囚禁在這款『ALfheim Online』裡之類的。」

聽見我的問題之後，店主便在厚實的眉丘上擠出皺紋並搖了搖頭。

「不，這我就沒有聽說了……應該說，如果有那種照片的話就可以確定人是被關在裡面了吧。這樣我就不會打電話給你而是打給警察了。」

「嗯嗯，說得也是……」

我一邊點頭，一邊想起那個男人——須鄉伸之所說過的話。

須鄉說現在是他在管理ＳＡＯ伺服器。我一直認為雖然他說是管理，但伺服器本身應該仍像個不可侵犯的黑洞般，根本沒辦法入侵到內部。

那個傢伙應該巴不得亞絲娜就這樣沉睡下去才對。在ＲＣＴ子公司所經營的ＶＲＭＭＯ裡，發現到長得很像亞絲娜的女孩子——難道只是偶然嗎？

在這一瞬間我甚至有了和總務省解救小組連絡的想法，但又馬上就打消這個念頭。因為這張照片根本沒辦法成為什麼證據。

我抬起頭，看了巨漢店主一眼。

「艾基爾——這款遊戲可以給我嗎？」

「是沒關係啦——不過你真的要玩嗎？」

「嗯嗯，我要親眼確認一下。」

艾基爾瞬間露出擔心的表情。其實我也可以理解他的憂慮。雖然覺得應該不會跟之前一樣，但還是有股說不定還會有什麼狀況發生的恐懼感慢慢從腳底往上竄起。

將恐懼感從心底踢出去之後，我咧嘴露出了笑容。

「像這種就算死亡也沒關係的遊戲，對我來說只是牛刀小試。不過還得先買遊戲機才行……」

「用NERvGear就可以玩了。AmuSphere其實只是NERvGear的強化安全版而已。」

「那真是太好了。」

我聳了聳肩之後，換艾基爾笑著對我說道：

「不過要看你敢不敢再把它戴到頭上就是了。」

「我早就戴過好幾次了。」

我說的是事實。因為心裡覺得亞絲娜可能會跟我連絡，所以我已經好幾次戴上只有連接網路的NERvGear。當然，沒有任何的聲音或是信件傳到我這裡來。

但現在，只能等待的日子已經結束了。我一口喝完咖啡然後站了起來。由於這家店裡不可能有電子貨幣收費機這種先進產品存在，於是我便從口袋裡掏出硬幣並把它們放到吧檯上。

「那我先回去了。謝謝你的咖啡，還有情報的話記得告訴我。」

「情報費就先讓你欠著。要把亞絲娜救出來啊——不然發生在我們身上的那個事件就永遠沒辦法結束。」

「嗯嗯。以後找機會在這裡辦個網聚吧。」

兩個人互碰了一下拳頭之後，我便轉身打開門，走出了咖啡廳。

***

直葉趴在自己床上，把頭埋進枕頭裡面，然後每隔幾分鐘便因為害羞而不斷擺動雙腳。

明明時間已經快到中午了，她身上卻還穿著睡衣。今天是一月二十號禮拜一，雖然寒假早就已經結束，但直葉就讀的國中三年級下學期就可以自由選擇到校與否，所以就算上學也只是到劍道社去露個臉而已。

直葉已經不知道是第幾次回顧早上發生的事情了。

昨天晚上——為了想給全身冰冷的和人溫暖，直葉便和他一起鑽進棉被裡並緊緊貼著他，但最後卻不小心自己也睡著了。平常只要一躺下來十秒鐘便能入睡的體質，今天卻讓自己栽了個大觔斗。

……笨蛋笨蛋，我真是個大笨蛋！

她在內心吶喊著，然後用雙手不停敲打著枕頭。

如果自己比和人還要早醒過來的話，就可以偷偷跑出房間，但現在的狀況卻是自己被他叫醒。這下子真的沒有臉可以見他了。

羞恥、害臊以及無法壓抑的愛慕等感情全部參雜在一起，讓她胸口痛到幾乎無法呼吸。用兩條手臂將臉蓋住後，感覺到從睡衣上傳來些微哥哥的味道，這也讓直葉的心跳更為加速。

直葉決定先練習揮劍讓頭腦冷靜下來之後，才終於站起身來。由於穿上道服比較容易集中精神，直葉通常比較喜歡以這種打扮練習。但現在她實在很想盡快到庭院裡練習，於是便快速地換上了運動服裝。

和人今天好像已經出門，母親・翠通常會在中午前出門去上班，父親・峰嵩則是過完年後便回到美國去了，現在家裡只有直葉自己一個人。她從一樓餐桌上的籠子裡抓起一個起司瑪芬後粗魯地咬著，然後一隻手拿著鋁箔包柳橙汁坐在走廊邊。

當直葉咬了一大口瑪芬時——和人正好拖著腳踏車從玄關走到庭院裡，兩個人就這麼四目相對。

「嗚咕！」

瑪芬的碎片直接滾落到喉嚨裡去，讓直葉忽然間噎住了。雖然想馬上喝一口右手拿著的果汁，但這時候才發現吸管還沒有插進去。

「嗚咕，嗚咕～～！」

「喂喂！」

衝過來的和人一把搶過果汁，迅速地把吸管插進去然後推到直葉嘴裡。她拚命吸起冰冷的液體之後，才好不容易把卡在喉嚨裡的碎片吞了下去。

「呼啊！差……差點就死掉了……」

「妳這傢伙真是不小心，吃東西不要這麼急。」

「嗚嗚～」

直葉整個人變得垂頭喪氣。和人則是在她身邊坐下來，開始解起鞋帶。當直葉從旁一邊看著他一邊又咬了口瑪芬時，和人突然開口說道：

「對了，小直，關於昨天晚上的事情……」

由於好像又要噎到了，直葉只好趕緊再吸了一口果汁。

「嗯、嗯。」

「該怎麼說呢……總之就是謝啦。」

「咦……」

聽到這出乎意料之外的話後，直葉一臉認真地盯著和人看。

「託小直的福我才能再次打起精神來。我不會放棄，一定會把亞絲娜救出來。」

直葉將胸口的刺痛感壓下之後，露出了微笑。

「嗯……加油唷。我也好想跟亞絲娜小姐見面喔。」

「妳們兩個一定會成為好朋友的。」

和人把直葉的頭髮搔了搔之後便站了起來，接著留下這麼一句話：

「那我先進去了。」

直葉一邊看著上到二樓去的和人，一邊把最後一塊瑪芬吃進嘴裡。

——那我……也可以繼續努力嗎……

來到庭園之後，直葉開始在池塘邊做起熱身運動。等身體暖和起來之後，便開始揮起竹劍。

以前只要像這樣全力揮著竹劍，雜念便會逐漸消失，但今天不知道為什麼各種念頭就是在腦袋裡盤旋不去。

——我真的可以喜歡上哥哥嗎？

昨天貼在和人身邊時，她原本已經放棄了這種想法。因為她深深了解到和人心裡只有那個人存在。

——不過……就算這樣也沒關係。

雖然自己也不清楚為什麼會變得這麼在意和人，但卻很清楚是從什麼時候開始的。

兩個月之前，直葉在接到醫院通知後等不及母親便衝到醫院裡，而躺在病床上的和人在看見她之後一邊哭一邊露出了笑容。他伸出了手，用令人懷念的聲音叫了聲「小直」。從那個時候開始，直葉心裡就有了這種感情。她想要隨時待在和人身邊，想多跟他說說話。而現在她已經沒辦法壓抑住自己的這種心情了。

直葉一邊不停地告訴自己「只要在旁邊看著他就好了」，一邊朝著空氣揮劍。等她停止動作朝時鐘望了一眼時，才發現已經快到中午了。

「啊，糟糕。我跟人家約好了。」

她低聲說完後停止繼續揮劍，拿起掛在松樹上的毛巾擦了擦汗水。抬起頭來，隨即看到從雲層縫隙裡露出了一抹藍天。

＊＊＊

我回到房間之後換上輕鬆的服裝，將手機設定為直接轉入語音信箱然後便坐在床上。接著拉開背包的拉鍊，從裡面拿出艾基爾送給我的遊戲軟體。

「ALfheim Online」。

聽他的形容似乎是款滿值得一玩的遊戲。幸運的是它不是採取等級制，所以應該可以避免因為等級不足而無法自由行動這種事情。

其實要玩一款ＭＭＯＲＰＧ時，原本應該要先在網路或是雜誌上收集相關情報才對，但我已經沒有耐心去做那種事情，於是我直接打開遊戲盒子拿出裡面的ＲＯＭ卡，把從壁櫥上拿下來的NERvGear電源打開，然後把卡片放進插槽裡面。幾秒鐘之後，顯示燈便停止了閃爍。

我躺在床上，用雙手把NERvGear拿到眼前。

那部發出光芒的深藍色機體，曾幾何時上面的塗漆已經處處脫落，而且還有不少碰撞過的痕跡。這不但是囚禁了我兩年的枷鎖，也是完全沒有發生故障一路陪伴著我的戰友。

——請再度助我一臂之力吧。

我在心底如此輕語完後，便把NERvGear戴到頭上。把下顎的固定桿鎖上、護罩放下來後閉上了眼睛。

我一邊壓抑因為不安與興奮而加快速度的心跳，一邊開口說道：

「開始連線！」

透過緊閉的眼瞼傳過來的朦朧光芒瞬時消失。由視覺神經接收的訊息遭到阻斷，完全的黑暗將我包圍。

但眼前馬上就彈出彩虹般的光芒。接著原本沒有固定形狀的光芒開始形成NERvGear的標誌。它一開始只是模糊滲出的光芒，在確定連結上腦部視覺皮質區後便清楚地浮現在眼前。不久後，標誌下面出現一個視覺連線ＯＫ的訊息。

接下來從遠處傳來許多種不同的聲音。原本聽來刺耳的聲音也慢慢變成悅耳的合聲，最後莊重的起動音樂開始在耳朵邊響起。然後就是聽覺連線ＯＫ的訊息。

設定程序接著來到了身體表面感覺與重力感，這時床鋪的觸感與體重開始消失。接下來便是依序實行各種感覺的連線測試，OK訊息也不斷增加。往後隨著完全潛行技術的進步，這種過程應該也會獲得大幅度地縮減，但目前也只能靜待頭盔依序連結我腦袋裡的各個部位了。

最後的OK訊息終於閃起，接下來的瞬間我便掉落到一片黑暗當中。不久之後七彩光芒從下方接近，在穿越那道光芒後我假想的雙腳便在這異世界裡著地了。

——但在經過這一大串程序之後，我還是處身於一片黑暗當中，目前只是開設帳號時所需要的情報輸入階段而已。這時在頭上出現了ALfheim Online的標誌，同時有一道相當柔和的女性聲音傳達了歡迎來到遊戲裡的訊息。

我按照合成語音的指示，開始開設帳號與製作角色。在胸口高度左右出現閃著藍白光芒的鍵盤，接著系統要求我輸入新的ID與密碼。我的手指很自然且迅速地打出從SAO時期便開始使用的帳號。如果是客戶端下載模式的MMO遊戲，這時便要選擇繳費方式，但一次購入模式的ALO則已經設有一個月的免費遊戲期間。

再來便是角色名稱輸入。我原本毫不考慮就準備打上「Kirito」，但瞬間還是猶豫了一下。

只有極少數的人知道，現實世界裡的桐谷和人便是艾恩葛朗特裡的桐人。算一算大概只有總務省的解救小組以及與小組有密切關係的RCT社長結城彰三，還有那個叫做須鄉的男人，再加上艾基爾以及尚未醒過來的亞絲娜知道而已——雖然只是猜測，但說不定連直葉以及雙親都不知道這件事。

ＳＡＯ世界裡的事情，特別是關於角色名稱的情報，可以說完全沒有對外公布。因為在那個世界裡面玩家之間經常發生戰鬥，而最後就是造成現實世界裡有許多人死亡這種恐怖的結果。如果讓誰殺了誰這種消息傳了出去，不難想像一定會產生許多法律訴訟問題。

現在法律上把關於ＳＡＯ事件所發生的全部殺人罪都歸咎到行蹤不明的茅場晶彥身上。而玩家的親人所提出的賠償告訴也由營運公司ＡＲＧＵＳ吃下，結果導致ＡＲＧＵＳ因此而解散。也就是說，由茅場晶彥獨力支撐起來的最大遊戲廠商同樣也是因為他而結束了營業。但國家還是不希望今後玩家之間有互相提出告訴的情況發生。

雖然因為須鄉伸之知道這名字而多少令人感到有點不安，但這也不是什麼顯眼的名字，所以我還是排除疑慮輸入了桐人這個名字。性別當然是選擇男性。

緊接著合成語音要我進行角色設定。但其實也不過就是遊戲初期的種族選擇而已。語音繼續說明容貌是由無數參數裡面隨機選出，決定之後便沒辦法更改。如果實在很不滿意，也只能在遊戲內部支付額外的費用再度抽選。不過對我來說，無論長什麼樣子都沒有大礙就是了。

玩家可以由九種精靈種族裡面選擇出即將成為自己分身的遊戲角色。語音繼續說明每個種族都有自己的優缺點。九個種族裡除了有ＲＰＧ遊戲裡時常可以見到的火、風、大地等精靈外，還有貓妖、小矮妖等不常見的名字。

由於我沒有打算認真玩這個遊戲，所以不論哪個種族都沒關係，但因為喜歡以黑色作為基調的初期裝備，於是便選了「守衛精靈」這個種族然後按下了ＯＫ鍵。

「初期設定全部結束，祝您好運」的人工語音響起，我再度被一片光芒包圍。按照遊戲說明，無論是哪個種族都會從自己的根據地開始遊戲。地板的觸感開始消失，接著便是一陣漂浮與下墜感朝我身上襲來。最後異世界的景象逐漸由光芒裡浮現出來。我出現在一座被黑暗包圍的小城鎮上空。

睽違兩個月的完全潛行遊戲所帶來的刺激感，讓全身的假想神經逐漸甦醒過來，而我也愈來愈接近城鎮中央的細長城堡——

就在這個時候……

忽然間所有影像都產生紊亂。除了到處出現多邊形缺塊外，還有快如閃電般的雜訊在視線裡到處亂竄。所有物體的解析度全部降低而變成馬賽克狀，遊戲世界開始分崩離析。

「怎——怎麼回事？」

我甚至連發出慘叫的時間都沒有——便再度以猛烈速度向下墜落。接著便是在深不見底的無底洞當中不停地往下掉。

「到底是怎麼回事啊啊啊啊！」

我的悲鳴完全被虛無空間所吸收，接著便消失無蹤。

2

高掛半空中的明月，將茂密森林染成像沉在水底般的藍色。

阿爾普海姆的夜晚雖然相當短暫，但離曙光照射下來還是有段時間。雖然平常總是覺得深夜裡的森林很恐怖，但對於目前這種撤退行動來說黑暗倒是幫了大忙。

莉法從龐大樹蔭底下抬頭看著又高又遠的星空。目前還看不到在天空巡梭的不祥身影。她壓低聲音對旁邊小隊成員說：

「等翅膀回復之後馬上就開始飛行唷。快點準備好。」

「什麼──我的頭暈還沒……」

夥伴以很沒用的聲音回答。

「還在頭暈嗎？真沒用……你也該習慣了吧雷根。」

「妳說得倒簡單，但會害怕的東西就是會害怕嘛。」

莉法抱著「真是拿這傢伙沒辦法」的心情嘆了口氣。

蹲在大樹根部那名叫做雷根的少年，在現實世界裡也是莉法的朋友，而且也是跟她同一時期開始玩ＡＬＯ——ALfheim Online這款遊戲的。也就是說他明明跟莉法一樣有了一年的經驗，但是卻到現在都還不能克服飛行後的頭暈。在空中戰鬥能力強弱便代表一切的ＡＬＯ裡，只是一次兩次的亂鬥就累成這樣，可以說是一點用處都沒有。

話雖如此，莉法還是不討厭這樣子的雷根。硬要說的話，他就像是自己放心不下的弟弟一樣。有句話叫相由心生，他的角色有著矮瘦身材再加上黃綠色的河童風格髮型。此外長耳朵也整個下垂，臉上更固定是那種馬上就要哭出來的表情。雖然說角色外表是隨機決定，但潛行到遊戲裡首次見到他這種與真實世界差不了多少的模樣時，莉法馬上就大笑了起來。

不過按照雷根的說法，莉法的外表也跟現實世界裡的她差不了多少。她有著以風精靈少女來說，略顯魁梧的體格以及相當嚴肅的眉毛與眼睛。

原本期待在假想世界裡能夠有符合「優美高雅」這種期望的外表，但卻出現客觀來說算是可愛的容貌而已。在這款遊戲裡得非常幸運才能獲得完全符合自己心意的外表——事實上就有不少人為了要得到滿意的外表而灑下了相當於好幾年份月費的追加費用——所以莉法對自己角色的這種外表已經相當滿意了。

順帶一提，ＡＬＯ內的容貌完全不會影響角色性能，所以雷根會一下子就頭暈完全只是因為他平衡感差到極點的緣故。

莉法伸出手，抓住雷根的胸甲後端強行讓他站了起來。接著又看了一下背後透明的四片翅膀，發現證明已經恢復飛行能力的淺綠色磷光已經包圍住翅膀了。

「好，已經可以飛了。接下來的飛行要直接穿越森林。」

「咦～……追兵一定被我們甩開了啦～再多休息一會兒嘛。」

「你太天真了！只要火精靈裡面有個搜敵等級高的傢伙在，我們馬上就會被發現了。只有兩個人的話，一定撐不過接下來的空中戰鬥。所以只能咬緊牙關一口氣飛回領土裡！」

「好啦……」

雷根軟弱地回答完之後，左手在空中做出握住東西的動作。這時他手裡出現了一根半透明的棒狀物體。那根前端附著一顆小球體的棒子，正是在ＡＬＯ內飛行時使用的輔助搖桿。雷根輕輕地把棒子往前拉，四片翅膀便輕輕張開，光芒也隨之稍微增強了一點。

確認過雷根的狀態之後，莉法也展開自己的翅膀然後震動了兩、三下。她並不需要使用輔助搖桿。因為她已經習得高等技術的「任意飛行」，而在ＡＬＯ裡，身為一流戰士的證明便是不需使用搖桿來飛行。

「那就出發吧！」

低聲叫完之後，莉法便奮力往地面一踢飛了起來。她背後的翅膀完全伸直，朝著樹梢對面可見的滿月緊急上昇。風整個打在莉法臉頰上，她的長馬尾也跟著晃動。

數秒鐘後莉法他們穿越森林，來到樹海的上空。放眼望去盡是阿爾普海姆的風景。心裡湧起一股無限的開放感。

「啊啊……」

莉法一邊往更高的天空飛去，一邊因為興奮而發出嘆息。這一瞬間、這種感覺可以說沒有任何東西可以取代。內心的激昂感讓莉法幾乎快要哭了出來。從古至今，人類一直都相當羨慕能在天空飛行的鳥類。而現在，在這個幻想世界裡，人類終於獲得了屬於自己的翅膀。

遺憾的是系統有所謂的滯空限制。要是能夠隨心所欲的飛，莉法願意付出任何代價。

其實這也是在阿爾普海姆裡戰鬥的所有玩家共同的願望。比其他種族先一步到達「世界樹」上面傳說中的空中都市，便能轉生為真正的「光之精靈」——這麼一來，滯空限制便會消失，成為這片無限天空名副其實的支配者。

莉法對強化自己的能力與取得稀有道具都沒有興趣。她會留在這個世界裡持續戰鬥的理由就只有這一個。

朝著目前還無法到達的金色月亮，莉法用力震動了一下翅膀。從翅膀上掉落下來的發光鱗粉在夜空中拉出一條像彗星般的尾巴。

「莉、莉法～等等我啊～」

——軟弱的聲音從下面傳來，將莉法的意識拉回現實。她停止上昇往下一看，只見握著搖桿的雷根拚命從後面追趕上來。由於使用輔助系統的飛翔上限速度相當低，所以莉法全力飛行的話雷根必定會跟不上她。

「喂喂，加油啊加油！」

莉法一邊張開翅膀在空中盤旋，一邊用雙手招呼著雷根。她抬起臉看了一下周圍環境，接著凝視著廣大樹海的遠方，找到高聳於黑夜當中的世界樹之後便以那裡為起點，判斷出風精靈領土所在方向。

確認過雷根好不容易到達相同高度之後，莉法這次開始配合他的速度像在空中滑行般飛著。

在旁邊的雷根繃著一張臉說：

「會、會不會飛太高了點？」

「就是飛高一點才舒服啊。翅膀累了的話也可以直接進行滑翔。」

「莉法只要一飛行起來就像變了個人似的……」

「你說什麼？」

「沒、沒有啦，沒說什麼。」

兩人一邊開著玩笑，一邊朝位於阿爾普海姆西南方的風之精靈領地飛去。

今天莉法是和包含雷根在內的四位好夥伴約好，組隊一起到風之精靈領地東北方中立區域的迷宮裡狩獵。他們很幸運地沒和其他小隊遭遇，進行了一次相當充實的冒險。在賺取大量金錢與道具而準備踏上歸途時，卻遭到火精靈的八人小隊伏擊。

雖然在ALO裡面，不同種族間原本就可以進行戰鬥，但做出這種明顯強盜行為的玩家可以說只是少數。尤其是今天冒險時間是現實世界裡平日的午後，原本預測應該不會遭遇大規模的襲擊部隊才對，但對方明顯就是抓準了他們的大意而展開襲擊。

邊逃邊進行了兩次空中戰鬥後，敵我雙方各減少了三個人。原本人數就比較少的莉法小隊結果只剩下兩個人，但他們在活用飛行速度優於火精靈的先天優勢之下好不容易甩開追擊，來到這個距離風精靈領地領不遠的地方。雖然因為要等兩次戰鬥而頭暈的雷根恢復過來而多花了點時間，但照這個樣子看來，應該是可以順利逃進勢力範圍才對。當心裡這麼想的莉法隨意回過頭往後面森林看去時——

蒼鬱並排著的巨木底下忽然有橘色光芒閃爍著。

「雷根！快避開！」

莉法馬上大喊，然後朝左下方急速迴旋。接著從地上出現三條火線，以猛烈速度穿越樹葉間的縫隙衝了上來。

幸好兩人的飛行高度相當充足，拖著長尾巴的熱線馬上就帶著燒焦味穿過他們兩人剛才所在的位置，最後消失在夜空當中。

但是他們根本沒時間感到慶幸。五道暗紅色黑影從發射出攻擊魔法的樹海附近竄出，急速朝著莉法他們飛了過來。

「真是——怎麼這麼煩人！」

莉法罵完之後，眼神往西北角的方位看去。從這個位置還沒辦法看見聳立在風精靈領地中央巨大「風之塔」的燈光。

「沒辦法了，準備戰鬥吧！」

她如此叫完之後便從腰間緩緩拔出彎曲的長刀。

「嗚哇——我不行了啦！」

雷根一邊抱怨一邊拔出短劍，接著擺出戰鬥姿勢。

「雖說對方有五個人，就算輸了也是沒辦法的事，但要是因為這樣就輕言放棄的話我可饒不了你！我會盡量多吸引一些人過來，你至少也得想辦法打倒一個敵人！」

「我盡量……」

「偶而也要讓我看看你帥氣的一面啊！」

莉法戳了一下雷根肩膀之後，恢復正經的表情並做好俯衝的準備。她將身體蜷曲起來，一個迴轉增加速度之後把翅膀疊成銳角，接著以猛烈的速度下向衝去。這對著排成楔形陣式的火精靈們來說根本是飛蛾撲火。

莉法他們這些從ALO初期便開始遊戲，經驗與裝備都相當豐富的老玩家之所以會如此狼狽地逃走，除了敵人人數眾多之外，還有大半是因為火精靈們最近發明出來的這個陣型戰術。不顧機動力而以重裝甲來加強防禦，再順勢利用身體重量反覆進行長槍的突刺攻擊。水平排列著的數根長槍以怒濤般速度衝過來的模樣足以給人龐大壓力，讓風精靈很難將戰鬥帶進自己所擅長的近身亂鬥。

但是莉法因為先前的兩次戰鬥，已經稍微察覺到敵人攻擊方法的弱點所在。於是她仗著天生大膽的性格，在選定敵人先鋒集團的一個人之後便毫不遲疑地俯衝過去。兩者間的距離一下便消失。這時莉法將全部神經都集中在敵人擺出來的銀色長槍槍尖上。

由風精靈尖銳的突進聲與火精靈的鈍重金屬聲所形成的不協調合奏愈來愈激昂，兩方交錯那一瞬間立刻爆發出足以讓大氣產生搖動的爆炸聲。

莉法咬緊牙關，稍微扭頭避開了敵人那擁有必殺威力的槍尖。擦過臉頰的槍尖在臉上留下宛若燃燒般的熱氣，但這時的她卻無視這股疼痛，長刀高舉過頭馬上對準敵人的紅色頭盔。

「看招……」

然後用力砍了下去。

「啊啊啊啊啊！」

她瞬間與對方堅厚頭盔深處那充滿驚愕的眼神相對，但根本還來不及多想，黃綠色效果光線便整個炸裂。隨著傳到手上的劇烈反作用力，敵人巨大的身軀整個被彈了出去。

敵人瞬時以螺旋狀向下墜去，但他的ＨＰ值卻因為重裝甲的防護而減少不到三成，不過頭部受到那樣的衝擊，應該沒辦法馬上回歸戰線才對。莉法馬上切換意識，在內心如此叫道。

——就是現在！

敵人重裝突進戰法的弱點就是錯身而過之後得花上不少時間才能重整態勢。與剩下四個人的火精靈錯身而過時，莉法強行轉過身子，將翅膀完全張開然後向左迴轉。

強大的橫向Ｇ力擠壓著莉法全身。她耐著壓力，為了盡快轉過身來而做出用右邊翅膀推進，以左邊翅膀煞車這種勉強的動作，最後終於在視線角落發現同樣往左邊迴旋當中的敵人身影。

重武裝的火精靈雖然察覺到莉法的企圖，但還是沒辦法縮小迴轉半徑。已經完成轉身的莉法立刻用劍朝著他們側腹掃去。

莉法瞄準身體的橫掃攻擊漂亮地命中最左邊的敵人。整個陣型產生混亂。

——接下來就是將戰況強行進入近身亂鬥當中！

五名敵人當中，只有剛才墜落的隊長能夠進行任意飛行，剩下來的全部都得使用輔助搖桿。莉法在混戰時的動作可說是比他們敏捷太多了。

莉法稍微找尋了一下雷根的身影，發現他正和最右邊的火精靈進行劇烈戰鬥。平常雖然不怎麼可靠，但他也算是個資深玩家了。只要能進入近身戰，便能發揮出短刀使的本領。

使用長刀的莉法也緊貼瞄準的敵人背後不斷給予對方損傷。這時她內心忽然有種或許能獲勝的念頭。唯一的不安要素是剛才的火屬性攻擊魔法，那表示這五個人裡面至少有一個人是魔法師。從所有人都裝備著金屬鎧甲的武裝來看，應該是個在輔助技能裡選擇了魔法技能的魔法戰士吧。但火精靈能操縱的火焰魔法就算等級不高，也擁有不容小覷的威力。

按照關於陣型的常識，莉法預測魔法師應該是在左右兩端的敵人其中之一。也就是說，不是她目前正在攻擊的敵人，就是那個被雷根緊貼在身邊，不斷遭受他煩人攻擊的敵人。在這種距離之下應該沒有機會進行咒文攻擊。只要把這兩個人擊落，接下來的勝負就是五五波了。

「嘿呀啊啊啊！」

莉法隨著喊叫聲再度使出得意的雙手上段斬擊。攻擊漂亮地命中敵人肩口，已經變紅的HP條瞬間減少並且整個消失。

「可惡！」

敵人咒罵完之後，身體馬上就被紅色火焰包圍。接下來隨著「轟」一聲的效果音化成碎片四處飛散，最後只剩下一盞小小的紅色火焰。在這把被稱為「殘存之火」的火焰尚未消失前，只要使用復活魔法或是道具便可以當場活過來。但經過一分鐘之後，死去的人便會自動被傳送到自己種族的領地，變成在當地復活。

莉法立刻把死去的敵人從腦海裡拋開，鎖定新的敵人之後便由空中往對方衝了過去。剩下來的三個人仍不習慣使用長槍，面對近身戰時動作相當緩慢。雖然硬著頭皮不斷進行突擊，但沒有速度的刺擊對擅於閃躲的莉法來說根本就不構成威脅。

莉法再度把視線朝雷根那裡看去，看見他正要給對方致命一擊。雖然他的ＨＰ條也已經減少許多，但還沒到需要回復魔法的程度。雖然是五對二的壓倒性劣勢，但照這種情況看來，這次的空中戰應該可以獲得勝利——莉法的心中如此確信，同時將手裡的長刀揮下。

但下一個瞬間，不斷由地面上昇起的火焰整個吞沒了雷根的身體。

「嗚哇啊啊！」

發出悲鳴的雷根在空中停下了動作。

「笨蛋，別停下來啊！」

在莉法的叫聲傳到他耳裡之前，瀕死的火精靈用長槍貫穿了雷根的身體。

「對不起～～～～」

同時發出臨死前叫聲與道歉的雷根立刻被綠色旋風包圍。身體像是被稱為「殘存之火」的死亡效果融化般消失，接著出現與剛才相同的小火焰。

雖然知道他馬上就會復活，但夥伴被人打倒總是讓人感到很不愉快。即使莉法懊悔得咬牙切齒，但她根本沒有時間去感到悲傷，只能拚命地不斷迴轉，方能閃躲再度由地面昇起的火焰攻擊。

……魔法師是一開始打量的那個傢伙嗎！

早知如此，就應該在他落下時便追上去結束他的性命。但現在後悔已經太遲了。莉法陷入了絕對的劣勢。

但是她還是不打算放棄。就算再怎麼難看地掙扎，還是不能放棄最後逆轉的機會，這就是莉法身為劍士長年所培養出來的美學與矜持。

受到來自地面上的魔法支援後，殘存的兩名火精靈得以重整態勢，再度展開由遠距離發動的突擊。

「來吧！」

莉法大聲叫完之後，便以長刀擺出上段的姿勢。

＊＊＊

「嗚姆咕！」

在經過漫長的下墜之後，我一邊發出丟臉的悲鳴，一邊墜落在不知名的地方。之所以會發出這種含糊的聲音，全是因為一開始著地的不是腳而是臉的緣故。我維持臉部插在茂盛草叢裡面的動作靜止了幾秒鐘之後，才慢慢抬起身子向後倒去。

不過終於從自由落體狀態當中解放出來的安心感，讓我就這樣一直躺在地面上。

目前我正處在夜晚的森林當中。

樹齡可能有好幾百年，有著許多樹疙瘩的森天巨木在我周圍擴展著自己的枝葉。透過樹梢可以見到滿天星光的夜空，而最上方則是發出金色光芒的巨大滿月。

除了蟲鳴聲之外，還有夜行性鳥類低沉地鳴叫著。遠方還傳過來動物的吼叫。植物的味道讓鼻腔感到發癢。微風輕撫過我的肌膚。環境裡的一切都那麼真實地觸動我的五感。比現實世界還要真實的感覺——這確實是假想世界給人的感觸。

在聽完艾基爾敘述後其實我還是有點半信半疑，但「ＡＬＯ」的高精細立體感確實與ＳＡＯ相比可說是毫不遜色。不到一年的開發時間竟然可以做出這樣的遊戲，這個疑問也縱橫於我的神經系統當中，讓我想起許多事情。

「又來到這種地方了……」

我閉上眼睛自言自語道。從那個世界被解放出來兩個月後，我又再度躺在這個一度以為再也不會進入的全感覺投入型ＶＲ世界裡。真是學不乖啊我——腦裡忽然浮現的這種念頭，讓我不由得苦笑了起來。

但是與先前那個世界不同的是，在這裡就算ＨＰ歸零現實世界的我也不會死亡，還有保證我隨時可以從這裡離開……一想到這裡，我內心不禁緊張了起來。

剛才的物體顯像異常，以及謎般的空間移動到底是怎麼回事。說起來我為什麼會到這種地方來呢。導覽語音不是說過會由種族的根據地開始遊戲嗎？這裡怎麼看也不像是在根據地裡面啊。

「喂，難道……不會吧……」

我半邊臉頰勉強露出笑容，接著抬起右手，伸出食指與中指向下揮。但卻什麼事也沒發生。我一邊冒冷汗一邊又試了好幾遍，這才想起來剛才教學裡面講過主選單與飛行搖桿都是用左手來呼叫。

改揮動左手手指後，馬上主選單視窗就隨著輕快效果音一起打開了。設計上幾乎與SAO的一模一樣。我用力盯著排在右邊的選單看。

「有、有了……」

最下面表示著「Log Out」的按鍵正發出光芒。我試著按了一下之後，除了無法立刻在一般區域裡登出等等的警告訊息之外還有YES／NO按鍵也一起出現了。

這時我才鬆了一大口氣，單手往草地一撐，上半身坐了起來。

再度看了一下周圍的環境之後，我發現自己應該是在一片廣大的森林之中。放眼所及盡是相連的巨木，根本見不到一絲燈光。雖然不知道為什麼會跑到這種地方來，但我還是決定先打開地圖而把目光往視窗上看去。當我手指往按鍵上移動時——忽然注意到某件事情，讓我整個人停下了動作。

「嗚啊……！」

我的嘴裡忍不住吐出短短的叫聲。

視窗最上層顯示著桐人這個熟悉的姓名與守衛精靈的種族名稱。下方則是生命值、魔力值等能力數值。它們各自顯示著４００、80這種一看就知道是初期設定的數字。到這裡為止都沒什麼問題。

但讓我大吃一驚的是位於更下方的習得技能欄位。記得剛剛我什麼都沒有選擇，所以應該全部是空欄位才對，但如今卻有高達八個技能的名字陳列在裡面。雖然這有可能是守衛精靈的初期技能，但這也實在是太多了一點。我用手指觸碰了一下欄位，把技能視窗打開來確認詳細內容。

陳列在裡面的除了有「單手劍」和「體術」、「武器防禦」等戰鬥系技能外，還參雜了「釣魚」等生活系技能，可以說相當混雜。更奇怪的是每個技能的熟練度數值都相當高。幾乎所有技能熟練度都在九〇〇左右，裡面甚至有到達一〇〇〇而顯示完全習得的技能。通常ＭＭＯＲＰＧ裡的技能都得花上一段相當漫長的時間才能完全習得，所以初期就顯示完全習得是絕對不可能發生的事情。

這怎麼想都應該是程式發生錯誤了。至於被吹到這種地方來，應該也是系統不安定的緣故吧。

「這遊戲真的不要緊嗎……不知道有沒有GM在管理……」

我一邊覺得疑惑一邊再度往指令群看去，這時又覺得剛才看過的影像似乎有點記憶，於是再次回過頭去看了技能一覽視窗。總覺得熟練度的數值相當眼熟。單手劍一〇〇〇……體術九九一……釣魚六四三……

此時一個有如電擊的靈感向我襲來，令我呼吸不由得急促了起來。

難怪我會覺得眼熟了。這正是我在SAO世界裡花了兩年時間鍛鍊出來的各種技能熟練度啊。雖然「二刀流」等幾個技能不見了，但那應該是因為ALO裡面沒有這些技能的關係吧。也就是說，原本應該與浮遊城艾恩葛朗特一起消滅的「劍士桐人」，它的最終數值現在就展現在我眼前。

我整個人陷入了嚴重的混亂狀態。不可能的事情竟然就這麼發生了。這是由不同公司營運的，完全不同的遊戲。難道說儲存檔會自己移動嗎？還是說——這是……

「在SAO裡面嗎……？」

我整個人癱坐在地上，用空洞的聲音講出這句話。

花了好幾十秒的時間，我才從空白的意識當中恢復過來。

我用力甩了甩頭，強迫自己提高思考的速度，然後再次把眼神往視窗望去。

雖然還是搞不清楚狀況，但我還是決定先找看看有沒有其他的情報。這次我打開了道具欄。

「嗚哇……」

出現在裡面的是完全變成亂碼的數十排文字。裡面有奇怪的漢字、數字、英文字母等，根本無法分辨出究竟是什麼道具。

這些大概都是我在艾恩葛朗特持有的道具所剩下的殘渣吧。看來因為某種不明的原因，舊桐人的資料也存在於這個世界裡。

「啊……等等……」

我突然想到了某種可能性。

既然道具還在的話——那麼「那個」應該也還存在才對。我緊盯著道具欄看，然後用指尖將畫面向下拖。

「拜託……一定要有啊……拜託……」

沒有意義的文字列如同奔流般高速閃過。心臟早已像在打鼓一般急速跳動著。

「…………！」

我的手指在無意識中停了下來。螢幕的正下方，有排發出溫暖亮綠色光芒的英文字母。

「MHCP001」。

我甚至忘了呼吸，只是用發抖的手指碰了一下那排字母。道具被選擇之後，顏色整個反轉過來。我繼續移動指尖，按下取出道具的按鈕。

視窗表面如滲出般浮現一道白色光芒。光芒接著馬上凝聚成一個小小的物體。那是一個切割成淚滴狀的無色透明水晶。中心部位有光芒不斷閃爍著。

我用雙手捧起寶石，慢慢將它拿了起來。我可以感覺到它傳過來的微溫。光是這點感覺，就讓我的眼角一陣發熱。

神啊，拜託祢──我在心裡這麼祈求著，然後指尖輕輕敲了兩下水晶。接下來的瞬間，手中爆發出一道純白的光芒。

「啊……？」

我一邊發出叫聲，一邊慌忙往後退了一步。發光的結晶體離開我的手浮起，在離地兩公尺左右的高度停了下來。緊接著光芒愈來愈強。周圍的樹木群全部因此染上藍白色，連月亮都為之失色。

在我瞪大了眼睛守護之下，旋轉的白光中心部份開始出現一道影子。影子逐漸幻化成型，接著開始出現顏色。這時肉眼已經可以辨認出往四方飄散的黑色長髮以及純白色的洋裝。接著是細長的手腳。終於，一名雙手放在胸前、緊閉雙眼的少女，簡直就像方才那道光芒的化身般帶著光輝輕輕降落在我眼前。

爆發出來的光芒就跟它開始出現時一樣霎時消失無影蹤。少女在離地面稍微有點距離的地方停止不動，接著長長的睫毛開始有了反應，兩眼緩緩張開。最後她用宛若夜空般的深色眼睛筆直地向我看來。

我整個人無法動彈、發不出任何聲音，甚至連眨眼睛都辦不到。

少女看著我，櫻唇慢慢綻放出笑容。那是個只能用「宛若天使」來加以形容的美麗微笑。在她的微笑鼓勵之下，我張開口說：

「是我啊……結衣。還認得我嗎……？」

說完之後，我才回過神來趕緊看了一下自己的身體。現在的我，跟在之前那個世界時的模樣完全不同了。雖然自己沒辦法確認，但除了服裝之外應該連長相也完全改變了才對。

不過看來我的擔心完全是多餘的。少女——結衣的嘴唇張開，那令人懷念的銀鈴般聲音馬上就響了起來。

「我終於又見到你了，爸爸。」

結衣臉上斗大的眼淚閃爍著光芒，接著伸出雙手直接往我胸口撲了過來。

「爸爸……爸爸！」

她重複叫了好幾聲之後，細長手臂便緊繞著我的脖子，然後把臉頰貼了過來。而我也緊緊抱住她那嬌小的身軀。從喉嚨發出無法壓抑的嗚咽。

結衣。這個在目前已經消失的ＳＡＯ世界裡與我們相遇，只跟我們一起生活了短短三天便消失的少女。時間雖然短暫，但那些日子已經在我腦海裡留下不可抹滅的回憶。在艾恩葛朗特那段漫長且辛苦的戰鬥當中，那無疑是讓我感受到真正幸福的短暫時光——

我一邊沉浸在類似鄉愁的酸甜感覺當中，一邊緊抱著結衣持續站在當地。既然都有這種奇蹟發生了，我和亞絲娜也一定能夠再度見面才對。我一定要再次奪回過去的那種生活。

這是我回到現實世界之後首次有了這種確信。

「我說，這到底是怎麼回事啊？」

森林裡，我在剛才墜落的空地角落找到了一棵被切斷的樹並坐在上面。首先壓抑住說明亞絲娜狀況的衝動，對著坐在我膝蓋上的結衣如此問道。

把臉頰靠在我胸口露出幸福笑容的結衣，用一副摸不著頭緒的表情抬頭看著我。

「…………？」

「我是說，這裡其實不是在ＳＡＯ裡面啊……」

我對結衣大略說明一下她消失之後所發生的事情。像是把快被伺服器刪除的結衣壓縮起來，當成客戶端環境程式的一部分保存下來。還有完全攻略遊戲與艾恩葛朗特的消滅。以及這個叫做阿爾普海姆的新世界與不知道為什麼存在的舊桐人檔案等等。但是只有關於亞絲娜目前還沒覺醒這件事，我實在是沒有辦法輕易地告訴她。

「請稍等一下。」

結衣閉上眼睛，然後歪著頭像在傾聽什麼聲音一樣。

「這裡是——」

忽然又打開眼睛看著我說：

「這個世界應該是『Sword Art Online刀劍神域』伺服器的備份。」

「備份……？」

「對。主要程式群與圖檔形式完全相同。我能以這種姿態再度出現在這裡就是最好的證明。不過Cardinal系統的版本有些舊。此外裡面的遊戲組件完全是不同的東西……」

「唔姆……」

我陷入深思當中。

這個ALfheim Online是在ＳＡＯ事件發生的十二個月之後開始發售，當時ＡＲＧＵＳ已經消滅，而ＲＣＴ剛被請求接下善後處理工作不久。如果ＲＣＴ也吸收了ＡＲＧＵＳ的技術資產，那就很有可能直接使用這些資產來經營一款新的ＶＲＭＭＯ遊戲。作為遊戲骨幹的全感覺模擬／回饋程式只要拿既有的東西來使用，就可以省下相當大的開發費用。這麼說起來，也難怪我會因為這個世界的精密度與SAO差不多而感到驚訝了。

總之ALO就是在SAO的備份系統上運行，這部分我可以理解。但是——

「但……為什麼這裡面會有我的個人資料呢……」

「讓我來看一下爸爸的檔案。」

結衣再度閉上眼睛。

「……看來沒錯了。這的確是爸爸在SAO裡使用的角色檔案。儲存檔案的格式幾乎是一樣，所以兩個遊戲共通技能的熟練度也就直接覆蓋上去了。HP和MP由於是不同格式，所以沒辦法繼承。擁有的道具嘛……看來都已經損毀了。這樣下去的話會被除錯程式檢測出來。我想還是把道具全部丟棄比較好。」

「這樣啊。原來如此。」

我把手指在道具欄上滑過，將所有道具全部一起框選了起來。這裡面應該有好幾樣道具充滿著我在艾恩葛朗特裡的回憶，但現在也只有捨棄感傷來進行這些動作了。而且反正也沒辦法分辨出名字，也不可能將它們實體化了。

下定決心把它們全部刪除之後，剩下來的就只有正規初期裝備品而已。

「這些技能熟練度怎麼辦？」

「系統上來說是沒有問題的。雖說與遊戲時間對照起來多少有些不自然，但只要不被人類GM直接看見就沒問題了。」

「這、這樣啊。唔姆……這下可不是封弊者而真的是作弊者了……」

——不過呢，角色實力強一點總不是件壞事。何況我接下來還得要爬上什麼世界樹去找出亞絲娜才行。原本就沒有打算認真鍛鍊這個角色。

此外，在仔細看過能力值視窗後，大概可以了解到這個世界裡角色的能力值並不是那麼重要。根本看不見SAO裡面有的敏捷度與筋力值這些東西，HP與MP每次上昇的幅度也相當小。就算各種武器技能的熟練度增加也只是能裝備的武器變多而已，對於威力並沒有什麼影響。當然SAO最大的特徵，也就是各種劍技根本就不存在。

總言之，這款ALO呢，是一款按照玩家本人的動作與判斷力來決定強弱，相當重視動作要素的線上遊戲。不像SAO那樣，在面對低等級的敵人時就算一直站著讓對方攻擊，HP也不會降低多少。

唯一的未知數是被SAO排除在外的「魔法」。我發現技能欄裡登錄著看來應該是守衛精靈初期技能的「幻屬性魔法」。只有這東西是我所不熟悉的——看來只有試著使用或者是被擊中之後才能了解了。

關閉視窗之後，我對依然把臉頰靠在我胸口，像貓一樣瞇著眼睛的結衣問道：

「話說回來，結衣妳在這個世界裡面算是什麼樣的存在呢……？」

她的真實身分並不是人類。是SAO的精神狀況管理系統有了異常變化，結果產生的人工智慧，也就是所謂的「AI」。

在二〇二五年的現在，已經有好幾個研究機關發表了「極為接近人類的人工智慧」。程式的「智慧性動作」發展到極限之後，模擬智慧與人類真正智慧間的分界線便愈來愈曖昧，現在最先端的AI已經幾乎與人類沒有兩樣了。

結衣或許就是像那樣的存在，又或者應該說她才是第一個出現的真正AI也說不定。但對我來說這些事根本就不重要。我只知道我很疼愛結衣，而她也把我當成父親一樣尊敬，光是這樣就足夠了。

「嗯——這個ALfheim Oneline裡面也備有輔助玩家用的模擬人格程式。名稱是『導航妖精』……我就被歸類在這裡面。」

說完之後，結衣臉上忽然出現奇怪的表情。接著身體瞬間發出光芒，忽然便消失不見了。

「喂、喂？」

我急忙發出聲音呼喚她。當我準備跳起來時，才好不容易注意到膝蓋上坐著一個小人。

小人的身高大約在十公分左右吧。從那淡紫紅色，類似花瓣模樣的洋裝裡伸出細長的手腳，背上還有兩片半透明的翅膀，完全就是妖精的模樣。惹人憐愛的臉孔與黑長髮雖然大小有點不同，但一看就知道她是結衣。

「這就是我身為妖精時的模樣。」

結衣在我膝蓋上站起身來後，把兩手放在腰部然後動了一下翅膀。

「哦哦……」

我有點感動地用手指戳了戳她的臉頰。

「好癢哦！」

結衣一邊笑一邊從我的手指底下逃開，然後隨著「噹啷」的效果音一起浮上半空中。最後就這樣坐到我肩膀上面。

「……那還是跟之前一樣有管理者權限嗎？」

「沒有……」

她用有些喪氣的聲音回答道。

「只能提供查詢與登入廣域地圖檔案而已。雖然接觸到的玩家就可以確認他們的能力值，但似乎沒辦法進入主要資料庫……」

「這樣啊……其實呢……」

我用認真的表情開始說出真正的主題來。

「亞絲娜她……媽媽她好像在這裡。」

「咦……媽媽她……？」

結衣從我肩膀上飛起來，在我面前停止。

「發生什麼事了嗎……？」

「……」

我原本打算從須鄉的事情開始說明，但在說出口前又改變了心意。之前就是人類的負面情緒讓結衣幾乎快要毀壞。我不想再讓她繼續遭到人類惡意的污染了。

「……亞絲娜她在ＳＡＯ伺服器消滅了之後也沒回到現實世界。我是得到情報說有人在這世界裡看見長得像亞絲娜的人，才會來到這裡。當然有可能只是長得相像而已……我現在應該可以說是急病亂投醫了吧……」

「……竟然有這種事……爸爸，真的很抱歉，如果我有權限的話就可以搜尋玩家的資料檔了……」

「沒關係，我已經知道大概在什麼地方了。好像是叫做……世界樹吧。妳知道在哪裡嗎？」

「啊，這我知道。大概是在這裡的東北方。不過距離相當遠。換算成現實世界裡的距離，大約有五十公里左右。」

「嗚哇，那真的很遠。是艾恩葛朗特底部直徑的五倍嗎……話說回來，我為什麼會出現在這種什麼東西都沒有的森林裡呢？」

當我這麼提出忽然想到的問題後，結衣也是用一臉疑惑的表情回答說：

「這我也不清楚……可能是位置情報損壞，或者是與從附近通路潛行的玩家搞混了，我也不能確定就是了。」

「如果是這樣，怎麼不乾脆讓我掉在世界樹附近就好了。嗯——我聽說這個世界裡面好像可以飛行呢……」

我站起身來，轉過頭往肩膀後面看去。

「哦哦，果然有翅膀。」

背後有淺灰色的透明流線型羽翼——或許應該說比較像是昆蟲的翅膀伸了出來。但是我根本不知道該怎麼活動它們。

「要怎麼樣才能飛？」

「好像有輔助搖桿的樣子。請伸出左手，然後做出握拳的動作。」

結衣再度坐到我肩膀上，我遵從她的指示伸出左手。當我握拳之後，馬上就有一根簡單的棒狀搖桿出現了。

「嗯，手往前拉便是上昇，往後倒便是下降，往左右是迴旋，按下按鈕是加速，放開則是減速。」

「嗯嗯……」

我慢慢把搖桿往前倒。結果背後的翅膀便一下子伸展開來，接著開始緩緩放出燐光。我則繼續拉著搖桿。

「哦……」

身體忽然浮了起來，然後以緩慢的速度從森林裡往上昇。浮到一公尺左右高度時，我將搖桿恢復到原來的位置，接著按下棒頭的球狀按鈕。身體立刻向前方滑行。

當我在試著下降與迴旋時，就已經大概熟悉整個操作方式了。與以前曾經玩過的飛行系VR遊戲相比算是很單純的操縱系統。

「原來如此。我大致了解了。不過我還是想先瞭解一些基本情報……離這裡最近的城鎮在哪裡？」

「在西邊有一座叫『司伊魯班』的城鎮。那裡是最近……啊……」

結衣忽然抬起頭來。

「怎麼了？」

「有玩家接近了。似乎是三個人在追一個人……」

「哦哦，戰鬥當中嗎。那我們去看一下吧。」

「爸爸，你怎麼老是這麼悠閒啊。」

我戳了一下結衣的頭，然後操作視窗把初期道具的單手用直劍裝備到背上。接著又把劍拔出來揮了幾下。

「嗚哇啊，這劍還真是迷你啊。而且又那麼輕……就先將就著用吧……」

把劍收回劍鞘之後，我再度叫出搖桿然後握著它。

「結衣，拜託妳帶路了。」

「了解。」

結衣用銀鈴般的聲音回答完後便從我肩上飛了起來，我也飛著從後面跟了上去。

＊＊＊

火精靈所發射的火焰魔法終於擊中了莉法的背部。

「嗚咕！」

當然不會有疼痛或是燒燙感，但卻像是被人用力從後面推了一把，而她也因為這衝擊而失去了平衡。幸好為了逃亡她已經先展開風屬性的防禦魔法，所以ＨＰ值還算是充足，但距離風精靈領地卻仍然相當遙遠。

除此之外，莉法也注意到自己的加速已經開始變得遲鈍了。又是那討人厭的滯空限制。再過幾十秒鐘翅膀便會失去力量，也就無法繼續飛行了。

莉法咬緊牙關，為了逃進樹海而開始全速俯衝。既然敵人裡面有魔法師在，就算用魔法隱藏起來應該也沒有用，但乖乖等死實在不符合她的個性。

「嗚嗚……」

衝進樹梢間的縫隙，穿透好幾層枝葉後，終於愈來愈靠近地面。當她往下衝時速度也愈來愈慢。好不容易在前方發現一塊草長得相當茂盛的空地，於是趕緊準備降落那裡，她一邊用鞋底滑行來減速，一邊衝進正面的大樹後面趴了下來。接著馬上高舉雙手，開始發動隱身魔法。

在ＡＬＯ裡要使用魔法，得像奇幻電影裡面那樣實際詠唱出「咒文」才行。為了要讓系統辨識，還得要有一定的音量與明確的發音，如果在半途停頓的話那魔法就會失敗，得從頭再詠唱一遍。

當她將背下來的咒文用最快速度成功詠唱完之後，淡綠色的氣流便從腳底湧了上來接著蓋住了莉法的身體。

這樣子敵人的視線便看不見她的身影了。但只要對方有高等級的搜敵技能或者是使用識破魔法就能夠破解。莉法屏住呼吸，用力縮起身體。

不久之後，好幾道火精靈特有的厚重飛翔聲傳了過來。感覺他們在自己身後的空地降落下來。先是金屬鎧甲摩擦的聲音重疊在一起，接著便是低沉的喊叫聲。

「應該在這附近！快點找！」

「不，風精靈本來就很會隱藏了。還是用魔法吧。」

說完之後那道厚重的聲音便開始詠唱起來。莉法原本忍不住想罵出聲來，但還是趕緊閉上了嘴巴。幾秒鐘後——身後草地上的窸窣聲愈來愈是靠近。

有幾道小小的影子越過巨木樹根往這裡爬了過來，一看之下才發現是有著紅色皮膚與眼睛的蜥蜴。這是火屬性的識破魔法。數十匹搜尋者呈放射狀被發射出來，只要它們一碰見隱身中的玩家或是怪物，馬上就會燃燒起來顯示出敵人藏身的地點。

——別過來，到那邊去！

蜥蜴前進的方向是由隨機決定。所以莉法也只能看著那小爬蟲，拚命祈求它不要過來。但最後她的願望還是落空，一匹蜥蜴接觸到包圍莉法的氣膜。牠瞬間發出一聲尖銳的鳴叫後，便開始燃燒了起來。

「發現了，就在那裡！」

感覺金屬鎧甲的聲音已經愈來愈靠近。莉法在無計可施的情況下，只好從樹木的陰影裡衝出來。她一個打滾後站起身子，拔出長劍擺出戰鬥姿勢，這時三名火精靈也停下來把長槍對準了莉法。

「害我們浪費了這麼多時間！」

最右邊的男人將頭盔的護甲掀起，然後用隱藏不住興奮的口氣如此說道。

站在中央，看起來像是隊長的傢伙則是用冷靜地聲音說：

「雖然不好意思，但我們也是執行任務。留下金錢和道具的話我們就放妳一馬吧。」

「搞什麼，快上吧！好久沒遇到女性對手了耶！」

這次則換成左邊的男人一邊掀開頭盔一邊這麼說道。說完便用那沉醉於暴力且執著的眼神看著莉法。

從一年的遊戲經驗裡可以知道，像他這種對「狩獵女性玩家」表現出異常執著的傢伙可以說不在少數。莉法意識到自己的肌膚因為厭惡感而起了雞皮疙瘩。如果是不斷地說些下流的話，或是除了戰鬥之外隨意撫摸女性玩家身體，可以馬上通報為性騷擾行為。但互相砍殺本來就是遊戲的目的，所以沒有受到任何限制。甚至還有些傢伙在網路上散佈謠言，說殺害ＶＲＭＭＯ裡的女性玩家可以獲得至高的快樂。

連正常營運的ＡＬＯ都有這種情況發生了。那麼現在已經成為傳說的「那個遊戲」內部……光想就讓莉法感到背部一陣發冷。

莉法兩腳在地面上踏穩之後，把愛用的雙手劍高舉過頭部擺出備戰動作。接著用凶狠的眼神瞪著火精靈們。

「我就算死也要再帶一個人陪葬。不怕掉經驗值的傢伙就過來吧。」

她低聲說完後，兩邊的火精靈便興奮地發出怪聲並且揮舞著長槍。隊長一邊用手制止他們一邊說道：

「放棄吧，妳的翅膀也到極限了對吧。我們可是還能飛唷。」

確實被他說中了。ＡＬＯ裡在地面上遭到敵人的飛行攻擊可以說是最不利的情況。更何況現在還是一對三。但莉法還是不想放棄。對她來說，乖乖把錢交出來然後求饒是絕對辦不到的事情。

「真是個倔強的女孩。沒辦法了。」

隊長聳了聳肩後，擺好長槍，翅膀發出聲音浮了起來。左右兩邊的火精靈左手也握住搖桿，隨著隊長一起上昇。

莉法把力量灌注在手臂上，心裡做出即使同時被三根長槍貫穿，也要讓最前面的敵人嘗到自己全力一擊的覺悟。敵人從三個方向包圍住莉法——就在他們準備要突擊時……

後面的灌木叢突然搖晃了幾下之後，便從裡面跳出一道黑色的人影。人影直接穿過火精靈身邊，在空中以圓錐狀轉了幾圈之後便發出巨大聲響掉落在草地上。

這突如其來的狀況讓莉法與其他三名火精靈的動作停了下來。所有人都驚訝地盯著闖入者看。

「嗚嗚，好痛……看來著陸是我的弱點……」

一名有著淺黑色肌膚的男性玩家，隨著毫無緊張感的聲音站了起來。他有著宛若刺蝟般的威風髮型以及有點上揚的大眼睛，直接給人一種相當愛搗蛋的感覺。從背上伸出來的灰色透明翅膀可以證明他的種族是守衛精靈。

雖然莉法心裡想著以遙遠東方為根據地的守衛精靈來這裡做什麼，但在確認過他的裝備之後，便又開始懷疑自己是不是看錯了。他身上僅穿著簡單的黑色緊身上衣與長褲，沒有任何盔甲，武器也只有背上的一把寒酸的劍。怎麼看都是個只有初期裝備的新手。一個新手竟然跑到這麼裡面的中立區域來，真不知道這傢伙在想些什麼。

由於實在不想見到還搞不清楚裝況的新玩家慘遭狩獵，於是莉法忍不住大叫：

「你在幹什麼！快逃啊！」

但是黑衣少年看來根本沒有移動的打算。難道他不知道這款遊戲裡有允許砍殺異種族的規則嗎？只見他把右手插進口袋裡之後，看了一眼莉法與在上空的火精靈們後，接著開口這麼說道：

「三個重戰士襲擊一個女孩子，這也太難看了吧～」

「你說什麼！」

被他這種溫吞的話語一刺激，兩名火精靈在空中移動然後從前後包圍住少年。兩人把長槍朝向下方，做出準備突進的姿勢。

「嗚……」

雖然想去救人，但因為火精靈隊長還在上空牽制著莉法，讓她根本無法動彈。

「自己一個人跑到這種地方來，你這傢伙是笨蛋嗎？我們就如你所願幹掉你吧！」

跑到少年前方的火精靈大聲地將頭盔丟了下來，緊接著展開翅膀，牽引著紅寶石光芒開始突擊。而位在後面的另一個火精靈似乎準備在少年閃躲時給予他致命一擊，所以特別晚了一些才衝下來。

這根本不是新手應付得來的狀況。莉法實在不願意見到長槍刺穿少年身體的那一刻，於是只能咬緊牙根然後將視線移開——就在長槍即將刺進身體之時……

令人難以置信的事情發生了。

少年的右手依然插在口袋裡，只是隨意伸出左手便將帶著必殺威力的長槍尖端抓住。防禦效果光與音效讓空氣產生了震動。就在因為震驚而瞠目結舌的莉法面前，少年利用火精靈的來勢，手臂一轉便將抓住的長槍往後丟去。

「哇啊啊啊啊……」

一邊發出悲鳴一邊往後飛的火精靈在撞上待機的夥伴後，兩個人糾纏在一起然後掉落到地面上。隨即「喀鏘喀鏘！」這類沉重的金屬聲便跟著響起。

少年一個轉身，把手放在背後的劍上——然後停止動作，用稍微有點困惑的表情看著莉法。

「那個……殺這些人應該沒關係吧？」

「……我想應該是沒關係啦……因為你不殺他們，他們也一樣準備殺掉你……」

莉法已經不知如何是好，只能呆呆地這麼回答。

「這倒是。那我就不客氣囉……」

少年右手將背上那把寒酸的劍拔出來，然後慢慢將它垂放在地面。嘴裡雖然很威風地說要殺了他們，但動作卻感覺不到有任何氣勢。只見他一邊將重心往前移，一邊把左腳向前跨出一步——

突然間，少年的身影隨著「滋磅！」一聲的衝擊音消失了。至今為止不論是面對什麼樣的敵人，莉法從來沒有看不見對方攻擊軌道的經驗，但剛才的攻擊就連她的眼睛也追不上。莉法急忙把頭往右邊看去後，發現少年蹲低著身子停在很遠的地方。手裡的劍似乎已經從正面揮下去了。

而兩名火精靈當中，準備站起身的那個人身體被一圈紅線所包圍，接著便四處飛散。只留下一團小小火焰飄浮著。

——速度實在太快了！

莉法有種強烈的戰慄感。在目睹這種從未見過的異次元動作後，遭受強烈衝擊的她全身開

始發起抖來。

在這個世界裡，決定角色運動速度的因素就只有一個，那就是腦神經對完全潛行系統電子信號的反應速度。腦部在接收AmuSphere發出的電流後加以處理，然後做出運動信號的回覆。這中間的反應愈快，角色的速度也會跟著上昇。除了天生的反射神經之外，一般來說經過長時間練習也能夠提昇反應速度。

雖然不是她自誇，但莉法的速度也可算是風精靈裡面前五強。她靠著長年鍛鍊出來的反射神經與長達一年的ＡＬＯ經歷，最近在一對一的時候已經愈來愈有自信速度不會輸給任何人，但是——

在莉法與空中的火精靈隊長啞然注視之下，少年靜靜地站起身，再度擺出戰鬥姿勢並轉過身來。

突擊輕鬆就被閃過的另一名火精靈，到現在還沒辦法理解究竟發生什麼事。只見他為了找尋失去蹤影的敵人，往完全錯誤的方向張望著。

面對這樣的對手，少年毫不留情地再度擺出往前衝刺的模樣。莉法這次屏氣凝神，決心一定要看清楚少年的動作。

他一開始的動作絕對稱不上快。那是不慌不忙且相當輕柔的動作。但當他踏出的腳步踩到地面那一瞬間——

少年的身影再度隨著足以震動大氣的聲音消失。這次她總算勉強看見了。感覺就像在看錄影帶時按下快轉鍵一般，瞬間晃過的影像直接烙印在莉法眼睛裡。少年的劍由下段往上挑，直接將火精靈的身體從中切成兩半。甚至連效果閃光都比他的動作還遲了一步。少年就這樣移動了數公尺，然後高舉著揮完的劍停在當場。此時宣告死亡的火焰再度噴起，第二名火精靈也被消滅了。

莉法原本將注意力完全集中在少年的速度上，這時才注意到少年的劍所造成的驚人攻擊數值。那兩名火精靈的ＨＰ條雖然不是毫髮無傷，但至少也還剩下一半。竟然一擊就把他們消滅，實在是太過於異常了。

ＡＬＯ裡攻擊值的計算方式並不是那麼複雜。只是將武器本身的威力、攻擊的位置、攻擊速度、被攻擊者的裝甲綜合起來而已。剛才的情形裡，武器的攻擊力可以說是最低數值，而且火精靈身上裝備的應該是相當高級的鎧甲。也就是說少年的攻擊準確度與恐怖的攻擊速度竟然能完全掩蓋那些不利要素。

少年再度緩緩站起身，抬頭看著在上空盤旋的火精靈隊長。他把劍扛在肩上，開口說道：

「怎麼樣？你也要打嗎？」

聽到少年那完全沒有緊張感的語調，回過神來的火精靈也只能苦笑著回答：

「不了，我贏不了你，所以還是算了吧。如果要我留下道具我會照辦。魔法技能差一點就要到達九〇〇了，我不想掉經驗值。」

「你這人還真老實。」

少年短暫笑了幾聲。接著又看向莉法說道：

「那邊的大姊妳覺得如何？如果妳要和他打的話我就不打擾了。」

不請自來解決掉兩個人後竟然還講出這種話，讓莉法只能露出苦笑。剛才那種至少要帶一個人陪葬的決心也在不知不覺間消失了。

「我也無所謂。不過下次一定會給你們好看的唷，火精靈先生。」

「老實說跟妳單挑我應該也沒辦法獲勝。」

說完後，紅色重戰士便打開翅膀、留下燐光飛了起來。他在擦過樹梢後，便像融化在夜空裡一樣逐漸遠去。接下來只剩下莉法與黑衣少年，以及兩盞殘存之火留在現場。而火焰也在一分鐘過後消失了。

莉法再度有點緊張地看著少年的臉。

「……那接下來我該怎麼辦才好？應該向你道謝嗎？還是應該要逃走？或者應該要跟你戰鬥？」

少年把右手的劍迅速地往左右兩邊甩了一下之後，將它收進背上劍鞘裡發出一道聲響。

「嗯——我自己是覺得這個場面有點像正義騎士由壞蛋手裡救出公主的感覺啦……」

少年牽動單邊臉頰露出了笑容。

「然後感動的公主便一邊流淚一邊抱住我……」

「你、你是笨蛋嗎！」

莉法忍不住大叫了起來。瞬間感到臉上一陣發熱。

「那我還寧願跟你打一場！」

「哈哈哈，開個玩笑嘛。」

少年那種笑得十分高興的臉孔，讓莉法有種氣得牙癢癢的感覺。當她努力想著要怎麼回嘴時，卻不知從何處忽然有道聲音響起。

「就、就是啊，這樣不行唷！」

那是個小女孩的聲音。莉法馬上往四處張望，不過還是找不到任何人影。結果少年有點慌張地說：

「啊，不是說過要妳別出來嘛！」

莉法的視線往少年看去，發現有個發光物體從他衣服胸前的口袋裡飛了出來。那小東西一邊發出銀鈴般的聲音一邊在少年臉旁飛著。

「能夠抱住爸爸的就只有媽媽和我而已！」

「爸、爸爸？」

莉法雖然嚇了一跳，但還是往前走了幾步，仔細一看之下才發現那是一名可以坐在手掌上大小的妖精。原來是可以從輔助窗口招喚出來的導航妖精啊。但是那種妖精應該只會用固定的答案回答遊戲相關問題而已。

莉法忘了對少年的警戒心，一直盯著那隻到處飛的妖精看。

「啊，沒有啦，這個是……」

少年緊張地用雙手把妖精包住後，臉上露出宛如抽筋般的笑容。莉法一邊看著他的手心一邊問道：

「嘿，你那個就是所謂的寵物妖精嗎？」

「咦？」

「就是在封測促銷活動所辦的抽獎裡面可以抽中的……哇──我還是第一次見到耶～」

「我、我是……嗚咕！」

妖精似乎還想說些什麼，但少年的手卻蓋住了她的臉。

「對、對，就是那個。我抽獎運氣一向很好。」

「這樣啊……」

莉法重新把這名少年從頭到腳打量了一遍。

「怎、怎麼了嘛？」

「沒事，只是覺得你真是個怪人。從封測時期就參加的人竟然還只有這種初期裝備。但實力卻又這麼強……」

「呃嗯——這是因為之前我只有開設帳號，一直到最近才開始遊戲。前陣子都在玩別的VRMMO。」

「這樣啊——」

雖然還是覺得有點奇怪，但是如果已經先在其他遊戲裡習慣了AmuSphere，也就可以說明他為什麼會有這種異於常人的反射速度了。

「這件事就算了，但是你一個守衛精靈為什麼會跑到這裡來閒晃呢。你們的領地應該是在遙遠的東方吧。」

「我、我因為迷路……」

「迷路了？」

少年用很不好意思的表情說出來的答案，讓莉法忍不住噗哧一笑。

「路、路癡也該有個程度吧——你真是個怪人！」

看見這個少年臉上出現受傷表情，莉法打從心底笑了出來。她狂笑了一陣子之後，才把右手上的長刀收進腰間的刀鞘，然後開口說：

「不過還是要跟你道謝。謝謝你救了我。我叫做莉法。」

「……我叫桐人，這孩子是結衣。」

少年將手打開之後，鼓著腮幫子的妖精便露出臉來。只見她點了一下頭後便飛了起來坐到少年的肩膀上。

莉法不知道為什麼，竟然會有種想跟這個名為桐人的少年多說點話的想法，當她發現到這點之後，連她自己都覺得有些驚訝。雖然自己也不是有多說怕生，但這對不擅於在這個世界裡交朋友的她而言，依然可以說是件相當難得的事情。加上對方看起來也不像壞人，於是她便直接問道：

「你接下來有事嗎？」

「嗯，也沒什麼事……」

「這樣啊。那……我請你喝一杯當成謝禮吧。如何？」

名叫桐人的少年聽見之後便露出笑容。莉法則是在心裡發出了感嘆。在這個感情表現相當粗糙的ＶＲ世界裡，很少有人能夠笑得如此自然。

「那太好了。我正想找人告訴我有關這遊戲的各種情報呢。」

「各種情報是……？」

「就是關於這個世界的事情。特別是……」

少年收起笑容，視線朝著東北方看去。

「那棵樹的事情……」

「世界樹？好啊。別看我這樣子，其實也算是老玩家了。那……雖然有點距離，不過北方有個中立村。我們就飛到那裡去吧。」

「咦？有個叫司伊魯班的城鎮不是比較近嗎？」

莉法有些驚訝地看著桐人的臉。

「是那樣沒錯……但是你真的什麼都不懂耶。那裡可是風精靈的領地唷。」

「那有什麼關係？」

聽見桐人那無所謂的發言，莉法不禁半晌說不出話來。

「……要說有什麼關係嘛……就是你在城鎮裡面不能攻擊風精靈，但我們卻可以攻擊你。」

「哦，原來是這樣……但也不會馬上就殺過來吧？而且還有莉法小姐妳在啊。風精靈的國度應該滿漂亮的才對，我還真想見識一下～」

「叫我莉法就可以了……真的是個怪人。不過你真的要去的話我倒是無所謂……只是不能保證你的生命安全就是了。」

莉法聳了聳肩後這麼回答。聽見有人想去自己喜歡的風精靈領地，莉法心裡也覺得相當高興。而且如果帶這附近不常見到的守衛精靈回去的話，大家一定會嚇一跳吧，她心裡忽然湧起這麼一股惡作劇的念頭。

「那就一股作氣飛到司伊魯班去囉。剛好快到熱鬧起來的時間了。」

稍微確認了一下視窗，現在時間是現實世界裡的下午四點。她還可以再在遊戲裡待一段時間。

這時莉法的飛翔力也已經恢復了大半，於是她輕輕震動了一下重新取得光芒的翅膀。結果桐人有些疑惑地問說：

「咦，莉法不用輔助搖桿就能飛行了嗎？」

「嗯，是啊。你呢？」

「我才剛學會這東西的使用方法而已。」

桐人用左手做出操縱搖桿的模樣。

「這樣啊。任意飛行是有訣竅的，有天份的人一下就能抓住了……要不要試試看。不要把搖桿叫出來，你往後面轉一下。」

「嗯，好。」

桐人說完後便半轉過身子，而莉法則伸出食指在桐人那不算大的背部，大概是肩胛骨上面一點的位置碰了一下。坐在肩膀上的妖精興致盎然地俯視著他們。

「你感覺到我現在碰的地方了嗎？」

「嗯。」

「這個呢，雖然是叫做任意飛行，但不是真的只靠想像力就能飛。是假設這裡和這裡有骨骼和肌肉長出來，然後靠它們來運動翅膀。」

「假想的骨頭……和肌肉……」

桐人用不甚確定的聲音回答完後，試著動了一下肩胛骨。結果骨頭頂端，那對貫穿衣服的虛擬灰色翅膀也隨著動作小小地震動了起來。

「嗯，對，就是這樣。一開始先全力運動肩膀和背部的肌肉，抓住它們和翅膀連動的感覺！」

話才說完，少年的背整個便往內側收縮。翅膀的振動頻率開始提昇並且發出「嗡～～～」的聲音。

「對，繼續保持下去！再做一次剛才的動作，再用力一點！」

「姆姆姆……」

桐人發出低吼聲，兩條手臂也跟著往內縮。在感覺到產生充分推力的瞬間，莉法從後面用力往他的背部向上一推。

「嗚哇？」

守衛精靈一下子就像火箭一樣朝正上方衝去。

「嗚哇啊啊啊啊啊啊啊——」

桐人的身體愈來愈小，悲鳴也跟著遠去。葉子才剛剛發出聲響，他就已經消失在樹梢的上方了。

「…………」

莉法與從桐人肩膀上滾下來的妖精面面相覷。

「糟糕！」

「爸爸——！」

兩人同時急著向上飛，從後頭追了上去。她們脫離樹海之後在夜空裡四處張望，不久之後便發現在金色月亮上有一道黑影正忽左忽右地到處移動。

「哇啊啊啊啊啊啊啊啊啊……快幫我停下來～～～～～～～」

丟臉的悲鳴響徹整個寬廣的天空。

「……噗。」

再度面面相覷的莉法以及那隻叫做結衣的妖精同時開始笑了起來。

「啊哈哈哈哈哈……」

「對、對不起啦爸爸。實在太好笑了～」

她們一起在空中盤旋並且捧腹大笑。當笑意好不容易稍微減少了一點時，又再度聽見桐人的悲鳴，讓她們又再次大笑了起來。

當她們笑得花枝亂顫時，莉法心裡忽然想起，自己究竟有多久沒有像這樣笑得這麼開心了。至少這是來到這個世界之後第一次有這樣的經驗。

等盡情笑過之後，莉法才抓住桐人的衣領，讓到處亂飛的他停了下來，接著再次傳授他任意飛行的訣竅。以一個初學者來說他算是相當有天份，大概十分鐘左右便抓住訣竅而可以自由飛翔了。

「哦哦……這……這真是太棒了！」

桐人一邊做出迴旋或是翻觔斗的動作一邊大叫著。

「我說得沒錯吧！」

莉法也邊笑邊叫著回答他。

「怎麼說呢……這真令人感動。真想就這樣一直飛行下去……」

「嗯嗯！」

莉法也十分高興地拍動翅膀飛到桐人身邊，然後配合他的軌道開始平行飛行。

「啊——太過分了，我也要加入！」

妖精也在兩人中間佔了位置，然後一起開始飛了起來。

「習慣了之後，就要練習讓背肌和肩胛骨的動作減到最小。動作老是這麼大的話，空中戰時就沒辦法好好揮劍了。那我們就直接飛到司伊魯班去吧……要跟上來唷！」

莉法急轉彎之後看轉了方向，接著便朝森林遠方飛行。雖然飛沒多久便顧慮到桐人而稍微放慢了速度，但馬上就追到旁邊的桐人開口這麼對她說：

「速度再快一點也沒關係唷。」

「真的嗎？」

莉法笑了一下後將翅膀疊成銳角，緩緩進入加速狀態。然後心想要給桐人一點顏色瞧瞧而漸漸加快速度。打在身上的風壓逐漸變強，耳邊不斷有風聲呼嘯而過。

但令人吃驚的是，就算莉法已經加到七成左右的速度，桐人依然還是可以跟在她身邊。一般人在到達系統設定上的最高速度之前，就會因為心理壓力而放慢速度，第一次的任意飛行就可以加速到這種範圍，可見桐人有著非常堅強的意志力。

莉法抿起嘴，開始最大加速。她從來沒有在這種速度之下進行過編隊飛行。因為身邊從沒有能夠撐得下去的夥伴。

眼睛下方的樹海像激流般不斷向後退去。由風精靈所發出來類似弦樂器高音的飛翔音，與守衛精靈類似管樂器的翅膀聲合奏出相當優美的樂章。

「啊嗚——我不行了～」

那隻名叫結衣的妖精就這樣飛進桐人胸口的口袋裡。莉法與桐人見到她這種模樣後相視一笑。

回過神來時，才發現前方已經到了森林盡頭，遙遠那頭開始出現各種顏色的光點群。此外中央還聳立著一座發出最耀眼光芒的高塔。這裡就是風精靈領地的首都「司伊魯班」，以及這裡的地標「風之塔」。城鎮離兩人愈來愈近，他們馬上就看見了最大街道以及在上面行走的大量玩家。

「哦，已經可以看見了！」

桐人以不輸給風的聲音大聲說道：

「我們在正中央的高塔底部著陸！對了……」

莉法忽然想起一件事，讓她的笑容整個僵住了。

「桐人，你知道怎麼降落嗎……？」

「…………」

桐人的表情也變得相當緊張。

「我不知道……」

「就是啊……」

但這時候高塔已經佔據了視線的大半。

「抱歉，已經來不及了。只能祝你好運。」

莉法嘿嘿地笑完之後，一個人開始緊急減速。只見她將翅膀完全張開來煞車，接著把腳向前伸準備降落在廣場上。

「怎……怎麼這樣，不要啊啊啊啊啊────」

看著黑衣的守衛精靈隨著慘叫朝高塔外牆撞去，莉法只能在心裡替他禱告。

數秒後，「磅碰───！」一聲足以震撼空氣的巨大聲響猛然響起。

「嗚嗚，太過分了，莉法……我會得飛行恐懼症啦……」

翡翠色的高塔底部，桐人坐在開滿各種顏色花朵的花圃上以怨恨的表情說道。

「我眼睛都花了～」

坐在他肩膀上的妖精看來也是頭昏眼花。莉法雙手叉腰，強忍住笑意這麼回答他說：

「都是你自己太得意忘形了～不過沒想到你竟然可以活下來，我還以為你死定了呢。」

「嗚哇，這也太過份了吧！」

雖然以最高速度撞上牆壁，但桐人的ＨＰ條也還剩下一半以上。不知道是運氣好還是他受身做得很確實，真是個充滿謎團的新手。

「好啦好啦，我幫你回復嘛。」

莉法朝著桐人抬起右手然後詠唱回復咒文。閃爍藍色光芒的水滴從她手掌裡出現，接著滴在桐人頭上。

「哦，真神奇。這就是魔法嗎？」

桐人滿懷興趣地環顧自己的身體。

「只有水精靈才能使用比較高等的治癒魔法就是了。這是很有用的咒文，你還是記下來比較好唷。」

「這樣啊，原來種族之間也有擅長與不擅長的魔法嗎？那守衛精靈擅長什麼魔法？」

「尋寶相關以及幻惑魔法吧。因為這兩種都不適合於戰鬥，所以守衛精靈是最沒有人氣的種族。」

「嗚哇，真的應該事先調查一下才對。」

桐人聳了聳肩後站了起來。大大伸了個懶腰之後，視線往周圍看了一圈。

「哦哦，這裡就是風精靈的城鎮嗎？真是漂亮啊。」

「很漂亮對吧！」

莉法再度眺望自己已經住慣了的城鎮。

司伊魯班的別名是「翡翠之都」。城鎮整體是由高瘦尖塔群所構成，而塔與塔之間還有複雜的空中走廊互相連結。整座城鎮的色調雖然有深淺不同，但清一色全部都閃爍著翡翠綠的光芒。這些建築物浮現在夜空當中的模樣，只能用奇幻世界來形容。尤其是座落在風之塔後面的

「領主館」，莉法相信其壯麗程度不輸給阿爾普海姆的任何建築物。

當兩個人與一隻妖精無言地看著光之街道上往來的人群時，右手邊忽然有人對他們搭話說道：

「莉法！妳平安無事嗎！」

轉過頭去一看，馬上就發現一名黃綠色頭髮的少年風精靈一邊拚命揮手一邊靠了過來。

「啊，雷根。嗯，好不容易活下來了。」

在莉法面前停下來的雷根，眼睛邊發出光輝邊繼續說：

「太厲害了，在那麼多人包圍之下還能逃出來，真不愧是莉法……呃……」

他似乎到現在才發現莉法身邊的黑衣人，只見他張大了嘴站在那裡停頓了好幾秒鐘。

「這……這不是守衛精靈嗎？為什麼會在這裡……？」

雷根往後飛退，手立刻往腰間的短刀摸去。但莉法急忙制止了他。

「啊，不要緊的雷根。就是這個人救了我。」

「哦……」

莉法指著啞然失聲的雷根，對著桐人說道：

「這傢伙叫雷根。是我的夥伴，在跟你相遇之前被那些火精靈給幹掉了。」

「抱歉沒能來得及救你。我叫桐人，請多指教。」

「啊，你好你好。」

雷根握了握桐人伸出來的右手，然後點了一下頭之後……

「現在不是打招呼的時候！」

他又再度飛退。

「莉法，這個人真的沒問題嗎？該不會是間諜吧？」

「我一開始也有懷疑過。但是以一個間諜來說他實在太過天然呆了。」

「啊，真過分！」

莉法與桐人兩個人啊哈哈地笑了起來，雷根在旁邊用懷疑的眼神看了他們一陣子後，才乾咳了幾聲後說道：

「莉法，西格魯特他們已經先在『水仙館』佔好位置了，說要在那裡進行寶物分配。」

「哦，是這樣啊。嗯～……」

被敵人殺死之後，系統會依亂數讓角色被奪走三成所持有的非裝備道具。但如果是組隊的話就可以享有保險欄位，預先放進這個欄位裡的寶物在死亡時會自動轉送到夥伴身上。

莉法他們今天也已經預先把在狩獵裡得到較有價值的寶物放進保險欄位裡了，所以最後變成莉法一個人帶著今天所有收穫的情況。那群火精靈也是因為知道這一點，才會這麼死纏著她不放，最後在桐人的幫助下總算能把所有寶物帶回司伊魯班來。

雖說在這種情況下，依照慣例應該要與先前死亡而被轉送回來的夥伴約在熟悉的店家裡進行道具分配，但莉法在猶豫了一陣子後卻這麼對雷根說：

「我今天不去分配了。反正也沒有適合我技能的道具。我把它們交給你，你們四個人把它分了吧。」

「那……莉法妳不過來嗎？」

「嗯。我跟桐人說好要請他喝一杯當成謝禮了。」

「…………」

雷根露出明顯與剛才不同的警戒心來盯著桐人看。

「喂，你可別亂想啊！」

莉法用靴子踹了一下雷根的腳尖，然後叫出交易視窗將獲得的寶物全部轉送到他那邊去。

「下次狩獵的時間決定了之後就用電子郵件通知我。時間上可以配合我就會去參加。那先這樣囉，再見！」

「啊，莉法……」

不知為何突然覺得有點害臊起來的莉法，強行中止與雷根的對話後，便拉著桐人的袖子走開了。

「剛才那個男孩是莉法的男朋友嗎？」

「是戀人嗎？」

「什麼？」

聽見桐人以及從他肩膀露出臉來的結衣異口同聲的問題後，莉法一個不小心踢到石頭地板。她趕緊張開翅膀讓自己重新站好。

「才、才不是哩！只是小隊成員而已啦。」

「但是你們看起來感情很好啊。」

「因為我們在現實世界裡也認識，他是我的同班同學。但就僅只於此。」

「這樣啊……跟同班同學一起玩ＶＲＭＭＯ，還真不錯。」

聽見桐人這似有所感的口氣之後，莉法繃起臉看著他說道：

「嗯——其實這有好也有壞啦——比如說會想起功課還沒做什麼的……」

「哈哈哈，原來如此。」

兩人一邊交談一邊在小路裡行走。許多擦身而過的風精靈玩家在看見桐人的黑髮時都會露出驚嚇的表情，不過看見他身旁的莉法之後，雖然還是有所懷疑，但也都沒說什麼便離開了。

莉法雖然沒有很積極參加各種活動，但至少也在司伊魯班定期舉行的武鬥大會裡拿過幾次優勝，所以大家對她也還算熟悉。

不久後，一間小小的酒吧兼旅館出現在兩人的眼前。由於裡面的甜點種類相當豐富，所以莉法時常來這家叫做「鈴蘭亭」的店家光顧。

他們推開迴轉門後看了一下店裡，發現沒有其他玩家在裡面。現在真實世界裡的時間才剛到傍晚時分，還得經過一段時間才會有冒險結束的人到這裡來喝一杯。

莉法與桐人在店裡深處的靠窗座位上面對面坐了下來。

「來，今天我請客，你可以盡量點。」

「那我就不客氣了……」

「啊，不過現在要是吃太多的話，登出之後會很辛苦唷。」

莉法一邊瞪著充滿吸引力的甜點菜單一邊呻吟道。

雖然很不可思議，但在阿爾普海姆裡面進食之後確實會產生飽足感，而且感覺在回到現實世界之後仍然會持續一陣子。雖然對莉法來說，不用擔心卡路里問題而可以盡情享受自己喜歡的甜點也是ＶＲＭＭＯ最大的魅力之一，但回到現實世界後沒有食慾的話可是會被媽媽大罵一頓。

事實上就常有玩家利用這種系統來進行減肥結果卻造成營養失調，或者是把全部精神放在遊戲上的獨居重度玩家因為忘記進食而衰弱死亡的新聞出現。

最後莉法點了水果芭芭樂幕斯，桐人點了樹果派，令人驚訝的是連結衣也點了起司餅乾，而飲料則是要了一瓶香草紅酒。ＮＰＣ的女服務生很快便將他們點的各種食物送到桌子上。

「那麼……再度謝謝你救了我！」

兩人輕碰了一下裝有不可思議綠色液體的酒杯後，莉法便將冰冷的液體一口氣倒進乾渴的喉嚨裡。桐人一樣大口將飲料喝乾後，有點不好意思地邊笑邊這麼說：

「哎呀，其實也只是碰巧遇見了而已……不過話說回來，那群傢伙還真是好戰哪。這裡時常有那種集團ＰＫ嗎？」

「嗯——火精靈和風精靈之間原本感情就不太好了。兩個種族的領地相鄰，所以時常會在中立區域的練功場裡遇見，而且長久以來兩邊的勢力一直在彼此抗衡。不過一直到最近才出現剛才那種組織性的ＰＫ集團。我想……他們最近一定打算要攻略世界樹了吧……」

「對了，我就是想請妳告訴我關於世界樹的事情。」

「你的確是這麼說過。不過，你為什麼想知道呢？」

「因為我想到世界樹上面去。」

莉法有些驚訝地看著桐人的臉。不過他看起來不像是在開玩笑，黑色瞳孔裡流露出相當認真的氣息。

「……我想，大概所有玩家都是這麼想的吧。應該說，這就是ＡＬＯ這款遊戲的最終目標。」

「怎麼說？」

「你也知道有滯空限制對吧？無論是哪個種族都只能連續飛行個十分鐘左右而已。但是最先到達世界樹上面的空中都市，謁見『精靈王奧伯龍』的種族，就可以全體轉生為『光之精靈』這種高等種族。如此一來，滯空限制便會消失，就可以隨心所欲地在空中飛翔了……」

「……原來如此……」

桐人咬了一口樹果派之後點了點頭。

「這的確是很吸引人。已經知道到達世界樹上面的方法了嗎？」

「世界樹內部，也就是根部的地方是一座很大的巨蛋。而巨蛋上方有入口，從那裡可以爬到世界樹裡面去，但保衛巨蛋的ＮＰＣ守護騎士軍團實在太過強大了。至今為止每個種族都發動過好幾次的攻勢，但都遭到全滅的命運。火精靈是目前最大的勢力，他們會那樣拚命地搜括金錢，就是為了買齊裝備和道具，接下來準備要一舉攻陷世界樹。」

「那些守衛騎士真的那麼厲害……？」

「可以說厲害過頭了。你想想看嘛，ＡＬＯ從開始正式上線到現在已經一年了唷。你覺得有什麼任務是花一整年時間都還沒辦法完成的嗎？」

「這麼說來確實是……」

「其實呢，在去年秋天左右的時候吧，有個很大的ＡＬＯ情報網站就收集了許多連署，然後要求RCT．PROGRES改善遊戲的平衡度。」

「哇。然後呢……？」

「當然只有得到公式化的回答囉。說什麼『本遊戲是在適當的平衡度之下進行營運』。然後最近啊，開始出現許多意見表示照現在這種方法，將永遠都沒辦法攻略世界樹。」

「……會不會是忽略了什麼關鍵任務，或者是……單一種族的話絕對沒辦法攻略下世界樹呢？」

莉法原本要把芭芭樂幕斯拿到嘴邊的手停了下來，然後再度看著桐人的臉。

「嘿，你倒是很敏銳嘛。現在大家都努力在求證是不是漏掉了什麼關鍵任務。至於組織連合軍隊這個條件嗎……那是絕對不可能的。」

「不可能？」

「因為這根本就跟任務本身互相矛盾嘛。『只有最先到達的種族才能獲得報酬』的任務，怎麼可能還跟別的種族合作呢……」

「那……就是說事實上根本不可能爬上世界樹囉……？」

「……我是這麼認為啦。當然是還有許多其他任務，不然也有提昇生產技能等享受遊戲的方式……只是一旦嘗到飛翔的樂趣之後，就會像中毒一樣沒辦法自拔了……不論花幾年的時間，也一定要……」

「那就太遲了！」

桐人忽然壓低了聲音這麼叫道。莉法嚇了一跳後抬頭一望，隨即見到桐人那眉頭深鎖、咬牙切齒的表情。

「爸爸……」

原本抱著起司餅乾從旁邊開始啃起的妖精，放下餅乾後飛起來坐到桐人肩膀上。她的小手像是要安撫桐人般不斷撫摸著他的臉頰。不久後，桐人緊繃的身體才放鬆了下來。

「抱歉嚇到妳了……」

桐人低聲說道。

「只是我無論如何都必須到世界樹上面去。」

在桐人那綻放出利刃般光芒的黑色瞳孔凝視之下，莉法忽然感到自己的心跳急劇加快。她為了讓自己平靜下來而喝了一大口紅酒，然後才好不容易開口問道：

「為什麼，一定要到世界樹上面去……？」

「我在找一個人……」

「那、那又是怎麼回事？」

「……這件事情沒辦法三言兩語解釋清楚……」

桐人稍微看了一下莉法之後微笑了起來。但是他的眼神裡卻帶著濃厚的絕望氣息。那是莉法不知在什麼地方曾經看過的眼神。

「謝謝妳莉法……告訴我這麼多情報，真的幫了我很大的忙。還有感謝妳的招待，在這裡第一個遇見的人是妳實在是太好了。」

桐人正準備站起身來時，莉法在無意識情況下伸手抓住他手臂。

「等、等一下。你打算……到世界樹那裡去嗎？」

「嗯嗯。我得親眼確認一下才行。」

「那太魯莽了啦……路途那麼遙遠，途中又會出現那麼多強力的怪物，雖說你也是很強啦……」

當莉法回過神來時，嘴裡已經衝出這樣一句話了。

「不然我帶你去吧──」

「咦……」

桐人瞪大了眼睛。

「但我們才剛認識而已，怎麼好意思這樣麻煩妳……」

「沒關係，我已經決定了！」

莉法為了要掩飾隨後開始發熱的臉頰而別過頭去。ALO裡面因為有翅膀，所以沒有任何瞬間移動的手段。要到世界樹所在地中央都市「阿魯恩」去，就跟現實世界裡去一趟短期旅行一樣。莉法到現在依然無法相信，自己竟然會做出自告奮勇幫助這個認識不到幾個小時的少年這種行為。

但是——自己就是沒辦法放下他不管。

「你明天也會登入嗎？」

「啊，嗯嗯。」

「那明天下午三點在這裡面見。我得先下線了。對了，你要到樓上的旅館房間裡登出唷。那我們明天見！」

站著說完話之後，莉法便揮動右手叫出視窗。由於在風精靈領地裡她隨時隨地都能夠登出，所以她可以直接便按下按鍵。

「啊，等等！」

聽見桐人的聲音後抬起頭一看，只見少年邊笑邊這麼說：

「謝謝妳——」

莉法也回了個笑容，點了一下頭後便按下了ＯＫ鍵。整個世界瞬時被七彩光線包圍，接著變成一片黑暗。雖然身為莉法的肉體感覺已經逐漸消失，但發熱的臉頰和急速的心跳卻一直殘留著。

——少女慢慢張開雙眼。

映入眼簾的是自己房間熟悉的天花板，以及貼在上面的超大海報。那是將螢幕影像擷取下來後，請人幫忙放大成B全開大小並列印出來的海報。圖案是飛翔在無限天空的鳥群，中央還有一名馬尾隨風飄逸的精靈少女在飛行。

桐谷直葉舉起雙手，慢慢把套在頭上的AmuSphere拿了下來。兩個圓環連結起來的圓冠狀機械，與初代的NERvGear相比雖然較為單薄，但相對給人的束縛感也比較淡薄。

從假想世界裡回來之後，她的臉頰依然呈現滾燙狀態。直葉在床上撐起上半身後，緩緩地用雙手夾住臉頰，然後在心底深處發出無聲的吶喊。

……嗚哇——！

直到這個時候，她才開始愈來愈為自己剛才的行動感到害羞。雷根——也就是同班同學長田慎一從以前就經常表示，當直葉變成莉法時大膽程度也會增加五成左右，而今天更可以說是大膽到了極點。結果搞得她現在才因為害臊而在床上雙腳亂踢不停扭動著。

真是個不可思議的少年。雖然不知道身為玩家的他在真實世界裡是不是也是個少年，但直葉感覺對方的年齡應該跟自己差不多才對。不過那種不符合年紀的沉穩態度，以及出乎意料之外的淘氣言行，可以說完全令人難以捉摸。

當然充滿謎團的不只是性格而已。還有他那驚人的戰鬥能力——在這一年的ALO經歷裡面，少年是第一次讓直葉覺得自己沒辦法獲勝的玩家。她嘴裡小聲的唸了一下那個名字。

「桐人……嗎……」

直葉是在SAO事件經過一年之後，才首次想要親自看看所謂的假想世界。

在那之前，VRMMO遊戲對直葉來說，完全就只是奪走哥哥的可憎對象而已。但是在病房裡握住和人的手不斷對他說話當中，她開始產生想了解和人那麼深愛的世界究竟是怎麼一回事的想法。她想要更加了解和人——所以得用自己的眼睛來看看他的世界。直葉想要靠自己的努力來縮短與哥哥之間的距離。

當她說出想要AmuSphere時，母親翠直盯著她的臉看了好一陣子，最後才終於緩緩點了點頭，笑著說「只不過還是要注意時間和身體喔」。

隔天在學校的午休時間裡，直葉便站到在班上被稱為——或者可以說是被揶揄為最了解遊戲的長田慎一桌子前面，然後告訴對方有事要問他，要他跟自己到屋頂去一下。這讓整個班級立刻安靜了下來，當時所造成的衝擊到現在仍為人所津津樂道。

在屋頂上靠著鐵網的直葉，對著直挺挺站著不動、眼神閃爍著奇妙光輝的長田慎一說，希望他能夠告訴自己一些關於VRMMO的事情。長田的臉上在幾秒鐘內出現了好幾種表情，然後才回問直葉想知道的是哪種類型。

對直葉來說，還是希望能不影響到功課與劍道部練習的時間。當她這麼說時，長田急忙推了一下眼鏡然後嘴裡碎碎念著「唔，那就不能花很多時間，得選個重視技巧的類型」這種話，最後推薦給直葉的就是這款ALfheim Online了。

雖說原本沒想到長田也會一起開始玩ALO，但就是因為有了他親切仔細的說明，直葉才能夠以連自己都嚇了一大跳的速度融入這個假想遊戲世界。當然除此之外還有另外兩個主要的原因。

首先是直葉長年鑽研的劍道技巧在ALO內部也能有效地發揮作用。

一般來說，在玩家之間的戰鬥裡，基本上根本不會去考慮到迴避的問題。只是一邊承受敵人攻擊一邊把自己武器往對方身上招呼，然後以累積起來的總傷害值來決定勝負。但直葉就不一樣了，她靠著鍛鍊出來的反射速度與直覺便能輕易躲過攻擊，所以當然也就能夠發揮出幾乎可以說是犯規的戰鬥實力。

當然如果是ALO以外的等級制MMO裡，花費在遊戲上的時間佔絕對少數的直葉一定打不過其他重度玩家。事實上以一個老玩家來說，莉法的各種能力值都在平均水準以下。但在這種完全技術制的遊戲裡，即使數值上比不過別人，她的實力還是能維持在風精靈的前五強裡。

而讓直葉對ALO如此著迷的第二個理由——當然就是只有那款遊戲才有的飛行系統了。

即使是現在，她也能輕易回想起第一次抓住任意飛行的訣竅，隨心所欲在天空中飛翔時的快感。

體型矮小的直葉，在劍道比賽時也常吃到攻擊距離比別人短的苦頭，所以從很久以前便有希望進擊時的速度能更快、攻擊距離能更遠的強烈慾望。因此在ＡＬＯ裡面她時常以愛用的長刀擺出大上段（註：劍道裡將竹劍高舉過頭的姿勢）姿勢——如果是一隻手需要操縱搖桿的輔助飛行便沒辦法使用這個招式——然後使用超長衝刺後進行突擊。當她做出這種攻擊時的快感可以說是筆墨難以形容。當然飛行的樂趣並不僅限於此，不論是幾乎快要讓身體散開的銳角俯衝，或者是混在鳥群裡悠閒地在高空中漫遊等等，基本上直葉已經對飛翔這種行為感到深深著迷了。

像雷根這種不擅於飛行的人，便把直葉這種人稱做是「速度中毒者」。但對直葉來說，ＡＬＯ裡如果沒有飛行這個要素，那就一點樂趣都沒有了。

就這樣開始遊戲過了一年的時間，直葉已經可以說是一個很熟悉ＶＲＭＭＯ的玩家了。一開始只是為了縮短與哥哥間的距離而來到這個假想世界，但目前她已經深深地愛上了這裡。

直葉也一直想對回到她身邊的和人訴說關於ＡＬＯ的事情——想跟他共同分享那個世界裡的快樂與悲傷。但只要一見到和人眼裡的陰影，她就實在沒辦法鼓起勇氣把事情說出口。

直葉可以確定即使有了ＳＡＯ事件這種恐怖的體驗，和人對假想世界的喜愛依然沒有改變。不論是不知道用什麼手段將應該全部被回收的NERvGear拿回來放在房間，或是把ＳＡＯ的

ＲＯＭ卡夾在相框裡放在桌上當裝飾品，都可以顯示出他仍然愛著假想世界。

但是對和人來說，ＳＡＯ的事件應該還沒有結束。一直要等到「那個人」從沉睡裡醒過來之後，這個事件才能算告一段落——

一想到這裡，直葉的心便開始產生劇烈的動搖。她不想再看見像昨天晚上那樣被囚禁在深沉絕望裡而哭泣的和人了。她希望和人臉上能夠永遠帶著笑容。所以為了和人，她也希望那個人能夠早點醒過來。

但到了那個時候，和人的心又會再度離直葉遠去了。

如果像以前一樣還以為彼此是真正的兄妹就好了。如此一來，她便不會發現自己的這種心意，也不會產生想獨占和人的心情——

直葉躺在床上，一邊看著阿爾普海姆天空的海報，一邊想著為什麼現實世界裡的人類沒有翅膀。有翅膀的話就可以在真實世界裡的天空到處飛行，藉此把自己心裡重重的糾葛給一次解開。

＊＊＊

我有些驚訝地看著那名叫莉法的風精靈少女直到剛才為止還坐在上面的椅子。

「她到底是怎麼了──」

說完後，感覺肩膀上的結衣也是一副沒辦法理解的樣子。

「我也不清楚……因為現在的我已經沒有監控玩家情緒的機能了……」

「嗯嗯。不過她願意幫忙帶路可真是太好了。」

「如果是路線的話我也知道，但多一個人也就多一份戰力。不過……」

結衣站了起來，然後把臉靠近我耳邊這麼說道：

「你不能花心唷，爸爸！」

「我才不會呢！」

我嚇了一跳之後急忙搖著頭，而結衣則是笑著從我肩上飛了起來。只見她再度停到桌子上然後抱起吃到一半的起司餅乾。

「可惡，竟然敢笑我……」

我氣得拿起香草紅酒的瓶子直接喝了一大口。

不過話說回來，確實還是注意一下比較好。當然不是注意什麼花心不花心，而是她──莉法怎麼說也只是遊戲內的角色，真實世界裡她是有著另一種人格的遊戲玩家。

曾經有很長的一段時間，假想世界對我來說才是唯一的現實。把那個世界裡的角色與玩家的人格分開來考慮根本是毫無意義的事情，不論是善意還是惡意都是最真實的感情。如果不這麼想的話，就沒辦法存活下來。

但在ALO裡已經不是這麼回事了。雖然依玩家不同程度也會有所差異，但每個人都是在扮演一個假想的角色。連扮演一個盜賊來襲擊、搶劫、殺戮其他玩家都不會遭受責罰——甚至可以說遊戲本身就鼓勵這種行為。

「VRMMO……真是麻煩哪……」

無意識中嘆了一口氣後，自己也因為這句話而苦笑了起來。這時結衣依然不斷持續挑戰著與自己差不多大小的餅乾。我放下空瓶子，抓住她的衣領然後把她放到我的肩膀上，接著站起身準備離開這個世界。

MMORPG裡的「登出」行為，可以說包含了玩家的方便性與遊戲的公平性這兩種互相抗衡的問題。

也就是說，雖然有許多時候都是因為忽然想起急事或是突然產生某種生理需求而需要立刻登出遊戲，但營運公司如果對登出完全不加以限制的話，玩家只要遇見在戰鬥裡陷入危機，或者是偷搶東西被人圍攻等狀況時，就可以利用登出這種方法來輕易逃過一劫。因此大部分的MMO對登出都設有一定的限制。當然這款ALO也不例外，只有在該種族的領地裡面才可能「隨時登出」。在領地之外隨意登出的玩家在回到現實世界後，角色也會因為無人操控而殘留在現場幾分鐘的時間，最後將成為攻擊或者盜取道具的對象。

如果希望在領地之外即時登出，就只有使用露營用具等專用的道具，或者是在旅館裡租借一個房間才能辦到。於是我便遵從莉法所說的話，決定在「鈴蘭亭」二樓登出遊戲。

在櫃檯完成住房手續之後我便上了樓梯。到了指定的房號前打開門，進到裡面便可以發現是間只有一張床與桌子的簡樸房間。看了一下周圍環境後，忽然有種強烈的似曾相識感襲上心頭。在艾恩葛朗特裡面，當我還買不起房間時也常利用這種旅館。

接下來只要叫出視窗，然後按下登出鍵便可以回到現實世界裡，但我決定嘗試一下「睡眠登出」而在解除武裝後坐到床上。

從利用完全潛行系統的ＶＲ遊戲裡登出時，還會有另一個小問題出現。那就是登出時遊戲內假想的五感與遊戲外真正身體的五感所接收到的情報之間差異過大，在回到現實世界後便會產生不舒服的暈眩感。

由站立狀態忽然變成橫躺狀態可能只會產生輕微的頭暈。但我在玩ＳＡＯ之前，曾經有一次在飛行系遊戲裡從迴旋緊急下降的情況下登出，回到現實世界後那種墜落感還是久久沒辦法散去，讓我感覺到相當不舒服。

為了預防有這種症狀出現，最理想的登出就是所謂的「睡眠登出」了。那是在假想空間裡進入睡眠狀態，在睡著的情況下自然登出，然後在現實世界裡便會從睡眠裡清醒過來。

我在床上橫躺下來之後，好不容易吃完餅乾的結衣才從空中移動過來，然後翻了一個觔斗後恢復原來的身型降落在床上。長長的黑髮與白色洋裝輕輕地飄起，一股輕微的芳香出現在空氣當中。

結衣把雙手放在身後，稍微低頭看著我說：

「……明天才能再見面了，爸爸。」

「……嗯，抱歉。好不容易才又相遇的……不過我馬上就會回來跟結衣妳見面了。」

「……那個……」

伏下視線的結衣臉頰微紅的說：

「在爸爸登出之前，我可以跟你一起睡嗎？」

「咦？」

聽到這句話後，我臉上不由得露出害臊的微笑。對結衣來說我只是「爸爸」，而這也是身為ＡＩ的她希望藉由接觸來擴充自己資料的行為，但她的外表與說話模樣卻是足以讓我產生動搖的可愛少女——

「嗯，嗯嗯。可以啊。」

但我還是強行按捺下自己害羞的感覺，對著結衣點了點頭，然後把身體往牆壁邊移動好空出個位置來。臉上浮現出閃亮微笑的結衣馬上就撲了過來。

結衣把臉頰靠在我的胸口，我則一邊慢慢摸著她的頭髮一邊低聲說：

「快點救出亞絲娜，然後再度在某個地方買棟房子吧。這款遊戲裡面也有所謂的玩家私人房屋嗎——？」

一瞬間感到疑惑的結衣也馬上用力點了點頭。

「確實有這種商品，不過價格很高就是了。如果還能跟爸爸、媽媽一起生活，那簡直就像是在作夢一樣——」

一想起那些日子，我的內心深處馬上就出現一股強烈的思念。雖然不過是幾個月前的事情，但回憶卻好像要消失到再也找不到的地方去了——

我用雙臂抱緊結衣的身體，接著閉上雙眼這麼輕聲道：

「這不是作夢……我馬上就會讓它實現了……」

可能是隔了一段日子沒有進入假想世界了吧，我的腦部因此而感到相當疲勞，馬上就有一陣強烈的睡意襲來。

「晚安了，爸爸。」

結衣宛若銀鈴般的聲音輕輕安撫著我那逐漸陷入溫暖黑暗當中的意識。

3

一對小鳥依偎在一起，在白色桌子上歌誦著早晨的到來。

她悄悄伸出右手後，指尖一瞬間碰到那閃爍著碧玉般光輝的羽毛，但下一刻兩隻小鳥便無聲無息地飛了起來。牠們在空中畫了一道弧形之後便朝著光線射入的方向飛去。

她從椅子上站了起來從後面追了幾步。但馬上就碰見擋住去路的金色欄杆。小鳥們從縫隙中溜出去後朝著天空愈飛愈遠。

亞絲娜在欄杆旁站了好一陣子，直到小鳥們融入天空的顏色之後才慢慢轉過身子坐回到椅子上。

她面前擺著一組冰冷僵硬的白色大理石圓桌及椅子。旁邊還有一張附有頂蓬的豪華白色大床。這個房間裡就只有這些擺設。當然——如果這裡還能被稱為是房間的話。

呈現正圓形且鑲滿白色瓷磚的地板，從這一頭走到另一頭大概要二十步左右的距離，牆壁全部由金碧輝煌的金屬欄杆所構成。欄杆間的縫隙雖然大到以亞絲娜的身材似乎很容易便能穿過去，但系統並不允許她這麼做。

呈十字狀交叉的欄杆垂直地上升，最後呈現半圓球形將人關在裡面。它的頂點附著巨大的圓環，由一根相當粗的木頭穿過圓環來支撐著這個構造物。此外還可以見到一棵向四處生長的參天巨樹，它的枝葉足以覆蓋周圍大半的寬廣天空。而撐起構造物的木頭便是與這棵巨樹的樹幹相連結。

也就是說，這房間根本就是掛在一顆莫大樹上的黃金鳥籠——不對，這種形容似乎又有些不正確。有時候會來遊玩的小鳥們根本可以在這裡自由出入。被囚禁在這裡的只有亞絲娜一個人，所以應該說這裡是監牢才對。

纖細、優雅、美麗，卻又冰冷的樹上監牢。

亞絲娜從這裡醒過來已經過了六十天左右的時光。當然這不是很準確的數字。在這個沒有辦法留下任何記號的地方，她只能夠在自己腦袋裡計算著日期，而這裡的設定似乎根本不到二十四小時便已經算過了一天，所以就算根據自己的生理時鐘來作息，起床時也不一定都會是白天或是晚上。

每當她醒過來時，便會告訴自己說今天已經是第幾天了，但最近也開始對這個數字愈來愈沒有自信。說不定自己已經重複過許多遍相同的日期——實際上已經過了許多年了。愈是興起這種念頭，就愈是讓亞絲娜沉浸在過去那段與「他」共同渡過的回憶裡。

那個時候──

浮遊城艾恩葛朗特整個崩壞，世界在光芒之中逐漸消滅。亞絲娜與男孩緊緊相擁，等待著意識消失的瞬間。

當時她並不感到恐懼。因為自己已經把想做的事情完成，也確定渡過了一段毫無悔恨的人生。可以跟他一起消失甚至讓亞絲娜感到喜悅。

光芒包圍兩個人後，肉體也會隨之消失，彼此的靈魂互相交融然後往高空飛翔而去──

但忽然間他的體溫消失了。自己也瞬間被一片黑暗所包圍。亞絲娜拚命伸出雙手並且呼喚著男孩的名字。但是無情的洪流還是將她往黑暗中帶走。接著便是斷斷續續的光芒閃爍。亞絲娜感覺自己正被帶到某個不知名的地方，讓她不由得發出悲鳴。不久後面前出現一片七彩光芒，而自己更是進到光線裡面──等醒過來時便已經倒在這個地方了。

支撐哥德式風格大床頂蓬的牆壁上釘著一面巨大鏡子。自己映在上面的影像與過去有些細微的差異。臉蛋與栗色長髮雖然與往常一樣。但是穿在身上的卻是一襲薄到令人不安的白色洋裝。胸口附近則點綴著一條鮮紅似血的緞帶。大理石瓷磚的寒冷氣息不斷經由赤裸的雙腳傳達到身上。除了沒有配備任何武器之外，背上竟然還長了一對不像鳥兒而像昆蟲的不可思議透明翅膀。

一開始她還以為自己真的來到死後的世界了。但現在她已經知道不是那麼回事。雖然就算揮手也不會出現選單視窗，但這裡不是艾恩葛朗特，而是另一個假想世界。是電腦所製作出來的數位監獄。亞絲娜是因為人類的邪惡企圖而被幽禁在這裡。

如果是這樣的話自己就不能認輸。不能被邪惡的企圖給打敗。亞絲娜就是靠著這種心理來對抗每天不斷侵襲著自己的孤獨與焦躁感。但最近已經感到愈來愈難支持下去了。她發現絕望的毒素已經慢慢侵蝕自己的心靈。

亞絲娜坐在冰冷的椅子上，放在桌面的雙手交叉，然後像往常一樣對著內心裡的他這麼說道。

——快點……快點來救我啊，桐人……

「妳出現這種表情的時候最美了，蒂塔妮亞。」

鳥籠裡忽然響起另一道聲音。

「妳那種快要哭出來的表情。真想讓人把它冷凍下來永久保存。」

「那你大可以這麼做。」

亞絲娜一邊把頭轉向聲音來源一邊這麼說道。

金色柵欄的一部分，也就是面對被稱為「世界樹」的那一部分被設置了一道小門。可以見到嵌有階梯的樹枝一直延伸到門外面，而樓梯本身則是連結著與世界樹樹幹間的通路。

從那道門走進來的，是個身材相當高的男人。

一頭豐沛的金髮正隨著步行晃動著，頭上還戴著一頂白銀圓冠。身上穿著一件濃綠色的寬大長袍，上面還裝飾有銀色的細線。背上長著跟亞絲娜相同的翅膀，但男人的不是透明而是巨大的蝴蝶翅膀。像漆黑天鵝絨般的四片翅膀上有著翠綠的鮮豔花紋。

男人有著像是設計出來一樣的端正容貌。除了光滑的額頭外還有高挺的鼻樑，從細長的眼睛裡，甚至可以見到與翅膀圖案相同顏色的瞳孔正綻放出光芒。他薄薄的嘴唇雖然展露出微笑。但那卻是個藐視一切事物的邪惡笑容。

亞絲娜掃過男人的臉孔後，便像是看見什麼髒東西般將臉轉到一邊去。接著更用沒有抑揚頓挫的聲音說：

「——你的話應該什麼事都辦得到吧，畢竟你可是系統管理者啊。看是要殺要剮都隨你高興。」

「怎麼又說這種無情的話了。至今為止，我有用任何強硬手段來碰過妳一根手指嗎，蒂塔妮亞？」

「你把我關在這裡竟然還有臉說這種話。另外請不要用那種奇怪的名字叫我。我叫做亞絲娜，奧伯龍——不，應該叫你須鄉才對。」

亞絲娜再度抬頭看著須鄉伸之的化身——「精靈王奧伯龍」。這次她不再把眼神移開，而是不斷地用強而有力的視線瞪著他。

男人很不愉快地動起嘴唇，接著丟出這麼一段話：

「真是掃興啊。在這個世界裡我是妖精王奧伯龍，而妳則是女王蒂塔妮亞。玩家們總是帶著憧憬的眼神抬頭看著阿爾普海姆，而我們就是這片土地的支配者……這樣不是很好嗎？究竟要到什麼時候妳才能接受身為我的伴侶這個事實，然後對我敞開心胸呢？」

「你等再久也沒有用。我對你的感覺只有輕蔑與厭惡。」

「哎呀哎呀，還真是倔強……」

奧伯龍再次揚起單邊嘴角笑了一下，接著伸出右手緩緩靠近亞絲娜的臉頰。

「但是呢……我最近覺得……」

亞絲娜原本打算別過頭去，但奧伯龍的手卻抓住她的下顎，強行將她的臉轉了過來。

「用力量把這樣的妳搶奪過來也是一件相當愉快的事情……」

奧伯龍用老虎鉗般的力道固定住亞絲娜的臉之後，接著又用左手撫摸起她的臉。細長的手指從臉頰開始緩緩往嘴唇移動。那種黏稠的感觸讓亞絲娜背部感到一陣發冷。

強烈的厭惡感讓她緊閉起眼睛與嘴唇，而奧伯龍用指尖摸了好幾次亞絲娜的嘴唇後，直接

就往她脖子緩緩摸了下去。不久之後手指來到綁在胸口領子附近的那條鮮紅緞帶。只見他似乎在享受亞絲娜的羞恥與恐怖心一般，抓住緞帶的一端慢慢、慢慢地往下拉——

「住手！」

亞絲娜終於忍受不住而發出沙啞的聲音。

奧伯龍聽見之後喉嚨深處發出了滿足的咕咕聲，然後手才離開了緞帶。他邊搖晃著手指邊笑著說道：

「開玩笑的。我不是說過了？我不會對妳用強硬的手段。反正馬上妳自己就會來求我喜歡妳了。這只是時間的問題而已。」

「——別說蠢話了，你瘋了嗎？」

「呵呵，妳也只有現在才能嘴硬了。馬上妳的感情就會由我隨心所欲地控制。我說……蒂塔妮亞啊……」

奧伯龍把雙手撐在桌上後，探出了整個身子。他臉上帶著充滿惡意的笑容，朝鳥籠外面環視了一圈。

「妳能看見嗎？現在也有數萬人的玩家潛行在這個廣大世界裡享受著遊戲的樂趣。但是呢，他們根本就不知道，完全潛行系統不是只能拿來應用在娛樂市場上而已！」

這出乎人意料之外的話讓亞絲娜也閉上了嘴巴。奧伯龍用演戲般的誇張動作張開雙臂接著說：

「別開玩笑了！這種遊戲只是附加產品而已。完全潛行用的遊戲介面，也就是NERvGear以及AmuSphere是將電子脈衝波的焦點只集中投射在腦的皮質區上，然後給予假想的環境訊號——如果把這種限制取消的話將會有什麼結果呢？」

奧伯龍那雙碧綠色的瞳孔中閃爍著某種脫離常軌的光芒，令亞絲娜本能性地湧起一股恐懼感。

「——那就代表著有可能可以控制腦部感覺處理以外的機能……也就是思考、感情、記憶等等！」

聽見奧伯龍這完全不像正常人的一段話，亞絲娜也只能啞口無言。她深呼吸了幾次之後，好不容易才擠出聲音來說：

「……怎麼可能，這種事絕對不可能被允許……」

「妳說誰會不允許？世界各國早就都在進行這項研究了。不過呢，這個研究一定需要人類來做實驗。一定得要能夠直接用言語表達出自己正在想些什麼的被實驗者才行！」

在發出「嘻嘻」這種尖銳的笑聲之後，奧伯龍像是跳起來般從桌上撐起身體，接著用急促的腳步在亞絲娜周圍走了起來。

「高等腦機能的個體差異性相當大，所以需要大量的被實驗者。但因為是對腦進行測試的實驗，所以害怕發生問題而無法進行人體實驗。整個研究也因此而遲遲沒有進展。只不過呢——某一天當我在看新聞時，忽然發現了一件事情。這裡不是剛好就有多達一萬人的研究素材嗎！」

亞絲娜的肌膚因為恐懼感而起了雞皮疙瘩。她終於了解奧伯龍說這麼一段話究竟是什麼意思了。

「——茅場學長雖然是個天才但也是個大笨蛋。都已經開發了這麼棒的器材，卻只是把它拿來創造遊戲世界便滿足了。雖然我沒辦法對SAO伺服器本體動手腳，但在路由器上弄些小手段，在玩家從那裡解放出來的瞬間，將一部份人綁架到我的世界來就不是那麼困難了。」

精靈王雙手合起來做出一個大杯子的形狀後，像是看著隱形美酒般用舌頭舔著嘴唇。

「結果，我等了好久SAO才終於被完全攻略！雖然沒辦法全部抓過來，但我還是得到了三百個左右的被實驗者。在現實世界裡面根本沒有任何設施可以收容下這麼多的人數，真是太感謝假想世界了！」

奧伯龍似乎對自己瘋狂的念頭感到相當興奮，開始滔滔不絕地說著。亞絲娜從以前就非常討厭他的這種性格。

「靠著這三百個舊SAO玩家的幫忙，只花了一個月時間研究便有了相當大的進展！在人類記憶裡頭埋下新的物件，然後誘導被實驗者對該物件產生情緒的技術已經大致完成了。這也可以說是在操縱靈魂——實在是太了不起了！」

「爸爸……爸爸怎麼可能允許你做這種研究！」

「那個老頭當然什麼都不知道。這個研究是由包含我在內的少數小組在秘密的情況下進行。不這麼做的話就沒辦法當成商品來出售了。」

「商品……？」

「美國某個企業已經伸長脖子等待我們研究結束了。這一定可以賣個好價錢。當然，總有一天我要連ＲＣＴ也賣掉——」

「…………」

「我馬上就要變成結城家的人了。首先從養子開始，但最後終將成為ＲＣＴ名副其實的繼承人，也就是妳的配偶。為了那一天的到來，妳不覺得在這個假想世界裡先練習一下不是也不錯嗎？」

亞絲娜強忍住在背後巡梭的戰慄感，小聲但相當堅定地搖著頭說：

「我絕對……我絕對不會讓你得逞的。等我回到現實世界後，一定會馬上把你的惡行公諸於世。」

「哎呀哎呀，妳怎麼還是聽不懂呢。我之所以會把實驗的事情對妳全盤托出，是因為妳馬上就會忘記所有事情了！殘留下來的就只有對我的……」

奧伯龍忽然停止說話，稍微歪著頭沉默了一陣子。接著馬上就揮動左手叫出視窗，然後對著它這麼說道：

「我馬上過去。等我的指示。」

關上視窗後，他臉上再度浮現笑容，接著又說：

「——事情就是這樣，不知道妳是否了解妳瘋狂愛上我，完全服從我指示的日子已經愈來愈近了！當然我也不希望馬上就把妳的腦袋拿來做實驗。所以下次見面時希望妳可以稍微順從一點啊，蒂塔妮亞。」

他用溫柔的口吻說完之後，又摸了一下亞絲娜的頭髮然後才轉身離開。

亞絲娜並沒有看著那男人快步朝門口走去的模樣。她只是低著頭，拚命對抗著奧伯龍最後一句話所帶來的恐懼感。

不久後「喀鏘」的開關門聲音響起，接著又回歸一片寂靜。

＊＊＊

換上制服、背著竹劍袋子從劍道社社團室走出來後，一陣微風從校舍中間吹了過來，輕輕撫摸著直葉的臉頰。

現在時間是下午一點半，由於第五節課已經開始了，所以學校裡面可以說是一片死寂。一、二年級的學生當然正在上課當中，而可以自由上學的三年級生中，此時會來學校的也只有參加高中入學考前集中研討班的人。所以現在也只有直葉這樣的推甄組學生才能悠閒地漫步在校園裡。

雖然非考生的身分讓她可以很輕鬆，但只要遇上同班同學一定會被挖苦個一兩句，所以直葉其實很不想到學校來。但是劍道部的指導老師是個非常熱心的人。他替即將進入劍道強校就讀的心愛弟子感到非常擔心，於是嚴格命令直葉每兩天就要到學校的道場來一次，好接受他的指導。

指導老師表示，最近直葉在練劍時常會出現某種奇怪的習慣。直葉心虛地想著「那是一定的」。雖然說只是短時間，但她幾乎每天都在阿爾普海姆裡面耍著那完全不講究章法的武俠空中必殺技。

不過很幸運的是直葉身為劍道社社員的技巧並沒有因此而退步，今天也因為連續從過去曾是全日本排名前幾名的三十多歲男性指導教師手下搶得兩勝而暗暗覺得興奮。

不知為何，她最近可以很清楚地看見對手的刺擊。在與強敵比賽時，只要全力集中精神，感覺時間的流動就會變得相當緩慢。

她回想起幾天之前與和人的那場比賽。那個時候，和人很輕鬆地便躲過直葉卯足全力的擊進。他那敏捷的反應簡直就像只有他身處於不同的時間洪流當中一樣。直葉心想，難道說——完全潛行中的經驗，也會給現實中的肉體帶來某種影響嗎……

當直葉一邊陷入沉思一邊朝腳踏車停車場前進時，忽然有人從校舍的陰影處叫住她。

「莉法……」

「嗚哇！」

嚇了一跳的直葉往後面退了一大步。出現在那裡的是一名戴著眼鏡的高瘦男學生。他那看起來像是困擾而下垂的細長眉毛簡直與雷根一模一樣。而且今天似乎下垂得更為嚴重。

直葉把右手叉在腰上，夾雜著嘆氣聲說：

「不是說過在學校不要這樣叫我嗎！」

「抱、抱歉。直葉……」

「你這個人……」

直葉單手放在竹劍套的蓋子上後向前逼近了一步，男學生則帶著僵硬的笑容拚命搖著頭接著說：

「抱抱抱歉，桐谷同學。」

「……什麼事啊？長田同學。」

「有、有件事想跟妳說……要不要到什麼地方去坐一下？」

「在這裡講就可以了。」

長田慎一一臉沮喪地垂下肩膀。

「……話說回來，為什麼推甄組的你會在學校裡啊？」

「啊，我有話想對直……桐谷同學說，所以從早上一直等到現在。」

「嗚哇！你這傢伙真閒……」

直葉再度向後退了幾步，然後在背後高起的花壇上坐了下來。

「有什麼事？」

長田保持著微妙的距離坐在直葉身邊，開口說道：

「……西格魯特他們說今天下午又要去打獵了。說這次是要去海底洞窟，火精靈不太去那個地方……」

「不是跟你說過打獵的事情用電子郵件通知我就可以了。很抱歉……我有一段時間不能參加了。」

「咦、咦咦？為什麼？」

「我要到阿魯恩去一趟……」

聳立在阿爾普海姆中央的世界樹，它的根部有一座相當大的中立都市。那裡便是中央都市阿魯恩了。從司伊魯班要到那裡去，除了距離遙遠之外，途中還有許多無法飛行的區域，得花上好幾天的時間才能到達。

長田張大了嘴僵硬了好一陣子後，才慢吞吞地接近直葉然後說：

「難、難道是要和昨天那個守衛精靈一起去……？」

「啊——嗯，沒錯。我說要帶他過去那裡。」

「妳、妳在想什麼啊莉……直……桐谷同學！怎麼可以和那種可疑的男人一起在外面過夜呢……」

「你臉紅個什麼勁啊！少在那裡胡思亂想了！」

直葉用竹劍套子戳了一下來到來到她身邊的長田。而長田的眉毛這時已經完全變成了八字眉，只見他用哀怨的眼神盯著直葉。

「……之前我約妳到阿魯恩去，妳馬上就拒絕我了……」

「跟你去的話路上不知道要全滅幾次呢！總之就是這個樣子了……也幫我跟西格魯特他們打聲招呼吧。」

直葉說完後迅速站了起來，說了聲「再見！」後便揮了揮手直接朝腳踏車停車場跑去。長田那種表情簡直就像被主人斥責過的小狗一樣，讓直葉感到有些罪惡感。但即便直葉這麼對待他，學校裡還是已經出現一些謠言了。因此直葉也不打算縮短與他之間的距離。

……只是帶路而已。就這麼簡單。

她像是要說給自己聽一般在心裡呢喃著。一想起那名叫做桐人的少年，還有他那充滿謎團的黑色瞳孔，直葉整個人就沒辦法冷靜下來。

直葉的腳踏車停在廣大停車場的角落裡，她迅速解開車上的鎖然後跨了上去，接著立刻踩起踏板往前衝。雖然冬天冰冷的空氣不斷刺痛臉頰，但直葉卻毫不在意地從學校後門衝了出去，而且就算到了極為傾斜的下坡也不按煞車便直接向下騎。

直葉一心想要快點飛翔。只要想到能夠與桐人用最快速度並肩飛行，她的內心便覺得雀躍不已。

還不到兩點她便已經回到自己家裡。

庭院裡見不到和人的腳踏車。可能是去健身房還沒回來吧。

其實直葉認為和人的體格幾乎已經恢復到跟遭遇ＳＡＯ事件之前沒有兩樣了。但他似乎並不因此而感到滿足，可能是覺得假想世界與真實世界裡的自己差異實在太大了吧。

不過這也是理所當然的事，因為要把自己的肉體鍛鍊到接近遊戲內的角色原本就是難如登天——但直葉也不是不能了解和人的心情。因為她自己也曾因在現實世界裡嘗試「飛行」而不知道摔倒了幾次。

她由走廊進到家裡面後，把道服放進洗衣機裡然後按下開關。接下來回到二樓自己的房間，脫下灰色水手服與裙子，然後把它們掛在牆上。

她身上僅穿著內衣，將手放在自己胸口。從學校騎車狂飆回來對直葉來說根本就不算什麼運動，但原本早就應該平靜下來的心跳到現在還是維持每分鐘九十下左右的次數。

實在不想承認這不只是因為運動的緣故，所以直葉試著深呼吸好讓自己冷靜下來，但愈是這麼想鼓動的節奏就愈是加快。我到底是在胡思亂想些什麼，只不過是帶他到阿魯恩去而已，而且我已經有哥哥了啊，不對，應該說這才是胡思亂想，我這個大笨蛋！直葉開始覺得這麼自問自答的自己實在非常愚蠢——於是她套上一件寬大T恤然後躺在床上。

她從床頭拿起AmuSphere並按下電源，戴到頭上後閉上眼睛。深深吸了口氣後，最後說出魔法咒文——

「連結開始！」

經過連線程序，當她的意識轉移到精靈劍士莉法身上時瞬間睜開眼睛，馬上鈴蘭亭一樓的景象便鮮明地出現在眼前。

桌子對面的位子上當然沒有任何人在。距離約定好的時間還有幾十分鐘的空檔。在那之前得先做些旅行的準備才行。

從店裡走出來後，發現司伊魯班的街道已經被美麗的朝陽所覆蓋。

可能是顧及每天只有在固定時間才能上線的玩家吧，阿爾普海姆大約每十六個小時便算是

一天經過。因此有時候會與現實世界裡的白天夜晚一致，也有時會像這樣完全不同。選單視窗的時間顯示器上同時紀錄著現實時間與阿爾普海姆的時間，一開始多少會感到有些混亂，但現在她卻相當喜歡這樣的系統。

急忙在各個商店轉了一圈把東西都買齊了之後，剛好時間也差不多到了。她回到旅館推開迴轉門，剛好看到黑色身影正在裡面那張桌子前實體化。

完成登入的桐人眨了眨眼睛，確認靠近的人是莉法後便露出了微笑。

「唷，妳來得真早。」

「沒有，我也才到而已。剛才去買了些東西。」

「啊，對了。我也得好好準備一下才行。」

「我已經把該準備的道具都買齊了，所以沒關係——啊，但是……」

莉法的視線落在桐人那簡單的初期武裝上。

「還是先想辦法把你的裝備換一下吧。」

「嗯嗯……我也是這麼想。這把劍感覺很不可靠……」

「你有錢嗎？沒有的話我可以借給你。」

「這個嘛……」

桐人揮了一下右手叫出視窗，瞄了一下後，臉上不知為何出現抽搐的表情。

「……這個叫『尤魯特』的單位就是了嗎？」

「對啊……沒有嗎？」

「不、不是，我有。而且還不少。」

「那我們快點去武器店吧。」

「嗯、嗯……」

急忙站起來的桐人，像是想起什麼事情似地看著身體各個部位，最後則是往胸口的口袋裡看去。

「……喂，出發囉，結衣。」

結果黑髮妖精睡眼惺忪的臉從口袋裡冒出來，接著打了個大呵欠。

在莉法常去的武器店買完桐人全身的裝備之後，街道已經完全籠罩在晨光之下了。

說是全身的裝備，但桐人其實對防具並沒有什麼特別的要求。只是買了強化過防禦屬性的上衣、褲子與長大衣而已。之所以會花這麼多時間，是因為桐人一直沒有辦法找到滿意的劍。

經營商店的玩家不斷將長劍遞給他，而他每接過來揮了一下之後立刻便回答「更重一點的」，最後在沒辦法的情況下只好妥協選了一隻幾乎跟他身高一樣的大劍。前端較細的刀身上閃爍著沉甸甸的黑色光芒。這大概是比較多巨人型玩家的大地精靈或者闇精靈所使用的裝備。

ＡＬＯ裡是由「武器本身的攻擊力」與「武器被揮動時的速度」這兩個條件來決定攻擊數

值，不過光是這樣的話，對在速度補正上佔優勢的風精靈與貓妖比較有利。所以便藉著讓肌肉型玩家能比較好控制高攻擊力的巨大武器來取得平衡。

就算是風精靈，在提昇熟練度之後也可以裝備槌頭與斧頭，但因為固定隱藏數值的筋力值不足所以還是沒辦法在實戰時使用。雖然守衛精靈屬於全方位的種族，但桐人的體型怎麼看也是速度型的角色。

「你真的揮得動那把劍嗎？」

莉法驚訝地問道，而桐人則是一臉輕鬆地回答說：

「沒問題。」

……既然當事人都這麼說了，莉法也不好再多些什麼。付完錢、接過劍之後，桐人就把它背在自己背上，但劍鞘的尖端幾乎都已經要碰到地面了。

莉法心底覺得他的模樣簡直就像在模仿劍士的小孩子一樣，於是她只好一邊強忍住笑意一邊說：

「嗯，那這樣就算萬事俱備了！接下來幾天就請你多指教囉！」

說完後便伸出右手，桐人也不好意思地邊笑邊回握了一下她的手。

「我才要請妳多指教呢！」

從口袋裡飛出來的妖精用力拍著兩人的手然後說：

「加油吧！目標世界樹！」

莉法與背著巨劍、肩膀上坐著妖精的桐人一起走了幾分鐘之後，眼前便出現了閃爍著翡翠色光芒的優美高塔。

那是風精靈領土的象徵，風之塔。當莉法心裡正覺得無論看過幾遍都不會感到厭煩時——轉頭往身旁的桐人一看，馬上就發現黑衣的守衛精靈正用厭惡的表情盯著昨天自己撞上去的那塊牆壁。莉法強忍住笑容，用手肘頂了他一下。

「出發前要不要先練習一下著陸的方法？」

「……不用了。我以後會很小心地飛行。」

桐人用不高興的表情回答道。

「不過話說回來，為什麼要到塔這裡來呢？有事情要辦嗎？」

「不是……要進行長距離的飛行時都是從塔尖開始出發。因為那裡是最高的地方。」

「哦哦……原來如此。」

桐人正在點頭時，莉法從背後推了他一下然後就向前走去。

「來，快走吧！在天黑之前希望可以穿越森林。」

「地理位置我完全不清楚，就拜託妳帶路了。」

「交給我吧！」

莉法砰一聲拍了一下胸脯後，忽然想起什麼事情般往塔的深處看去。

風精靈領主館邸壯麗的剪影浮現在朝陽之下。莉法與館邸的主人，也就是名為朔夜的女性玩家從以前就認識了，所以一瞬間興起想跟她打聲招呼，表示自己會暫時離開一陣子的念頭。但她隨後注意到屹立在建築物中心的細長旗杆上沒有掛著風精靈徽章的旗幟。雖然這種情況不常見，但這是表示領主今天一整天都不在的意思。

「怎麼了？」

桐人疑惑地問道，莉法聽見之後搖了搖頭回答了聲「沒什麼」。決定之後再用電子郵件通知朔夜後，莉法便重新邁開腳步走進風之塔正門。

塔的一樓是個圓形的寬廣大廳，周圍被各式各樣的商店所包圍。大廳中央設置了兩座以魔法力量來運作的自動升降梯，目前正有許多玩家從裡面出現或是消失。阿爾普海姆時間裡天才剛剛亮而已，但現實世界裡卻已經到了傍晚時分，可以說是來往人潮正要開始增加的時候。

當莉法拉著桐人的手臂，準備衝進正好降下來的右側升降梯裡時……

忽然從旁邊出現好幾名玩家，其中兩個人還擋住了他們的去路。莉法在快要撞上他們之前，好不容易才張開翅膀停了下來。

「拜託，太危險了吧！」

莉法反射性抱怨完後，抬頭一看之下才發現擋在眼前這個身材高大的男子，是自己也認識的人。

對方有著在風精靈裡面算是鶴立雞群的身高，以及粗獷但相當有男子氣概的臉型。要拿到這個外型，需要極佳的運氣，不然就是得投入大量的資金。男人身上裝備著略厚的純銀鎧甲，腰間帶著一把略大的寬刃劍。額頭上綁著一條寬大的銀色頭帶，還有著長達肩膀的濃綠色波浪長髮。

男人的名字是西格魯特。是這幾個禮拜中與莉法一起行動的小隊成員，而他在小隊裡是負責前衛的任務。莉法仔細一看，發現站在他兩邊的人也同樣是小隊成員。原本以為雷根應該也在而看了一下四周，但卻沒有發現他那引人注目的黃綠色頭髮。

一直以來，西格魯特都是和莉法爭奪風精靈最強劍士寶座的強者，而且他不像莉法那樣不願意與主流派閥扯上關係，在政治上也是相當活躍的實力者。現在的「風精靈領主」——也就是每個月投票一次決定出來，可以制定稅率以及稅金使用方法的指導者玩家——是由朔夜擔任，但身為她助手的西格魯特也相當有名氣，可以說是超級活躍的玩家。

莉法根本比不上他從驚人的遊戲時間裡得到的各種技能數值與稀有裝備，所以在跟西格魯特一對一對決時，總是變成運動性較佔優勢的莉法要如何攻破他那頑強防禦的持久戰。也因為如此，在狩獵時有他擔任前衛可以說是相當可靠，但缺點就是他的言行舉止總有些自以為是，讓討厭被束縛的莉法時常有想逃走的感覺。雖然在現在的隊伍可以很有效率地賺取金錢與經驗值，但最近莉法還是開始有了想退出的念頭。

而現在打開兩腳大剌剌站在莉法前面的西格魯特，從他緊閉嘴角那種獨特的角度可以判斷出，他正在展現自己最強烈的傲慢態度。這下子事情可麻煩了——莉法心裡一邊這麼想著一邊開口說：

「你好啊，西格魯特。」

雖然微笑跟他打了招呼，但西格魯特似乎沒有回答的心情，只是夾著吼聲回應：

「妳想要脫離隊伍嗎，莉法？」

西格魯特看起來相當不高興，莉法雖然一瞬間有了說出「只是去一下阿魯恩就回來」這種話來平息他怒氣的想法，但忽然間又覺得這樣實在太過於麻煩，等回過神來時才發現自己已經在點頭了。

「嗯……是啊。我錢也存夠了，所以想暫時休息一陣子。」

「太任性了吧。妳就沒想過會給其他夥伴帶來困擾嗎？」

「等一下，你說我任性……？」

這下子連莉法也有些不高興了。莉法在上上次的比武大會裡，經過一番激戰之後打倒了西格魯特，而他在落敗後自己主動跑來邀請莉法組隊。而莉法那時候提出的便是，只能在有空時參加小隊行動以及想要退出時隨時都可以退出這兩個條件。她認為自己已經把不願意接受束縛的想法表達得很清楚了——

西格魯特揚了一下自己那粗厚的眉毛然後繼續說道：

「妳是我小隊的一員這件事已經是眾所皆知了。妳要是沒有任何理由便離開然後加入別的小隊，我的臉不就丟大了嗎！」

「…………」

聽到西格魯特這傲慢無比的台詞，莉法也只能無言以對地站在當場。雖然說不出話來，但她心裡卻有種「果然如此嗎」的想法。

參加西格魯特的隊伍一陣子之後，被當成莉法同伴一起加入的雷根，就曾經用與平常不同的認真表情忠告過她了。

當時他說還是不要跟這個小隊混得太熟比較好。問他理由之後，他表示西格魯特或許不是因為莉法的戰力才邀她加入，而是希望提高自己小隊品牌的附加價值——說得更現實一點，他根本只是想讓贏過自己的莉法變成同伴，或者應該說是變成部下來維持自己的名聲而已。

莉法雖然笑著說那怎麼可能，但雷根卻拚命地想讓她相信。他表示——ＡＬＯ這種高難度ＭＭＯ裡女性玩家本來就是稀有的存在，因此對於女玩家向來都有不當成戰力而是當成偶像來崇拜的傾向，尤其是像莉法這種可愛的女孩更是比傳說中的武器還要稀少，所以會被拿來炫耀也是理所當然的事，裡面還有許多人根本就有不良企圖只不過自己絕對沒有那種想法只是想與她有純潔且真實的往來關係等等。

當他開始因為慌張而夾雜了一些胡說八道時，莉法便用全身的力道給了他一記肝臟攻擊，好讓他安靜下來，接著莉法也認真考慮了一下。雖然雷根這麼說，但由於她實在對自己被當成偶像這種狀況沒有什麼真實感，考慮太多的話又會讓原本就得記住許多事情的MMORPG變得更加複雜，所以她也決定不再多想，就這樣一直沒發生什麼問題地參加小隊活動直到今天為止——

面對站在眼前充滿憤怒與焦躁的西格魯特，莉法感到全身都被一種沉重的絲線給纏繞住了。在ALO裡她所冀求的就只有擺脫所有束縛全力飛翔的感覺。那種拋開一切，想要飛到各個地方的感覺，就是她唯一的需求。

但這難道只不過是她的無知與天真罷了嗎？在這個所有人都擁有翅膀的假想世界裡，應該可以忘卻現實世界的重力，這種想法真的只是幻想而已嗎？

莉法／直葉想起小學時常在劍道場裡欺負自己的高年級學生。入門之後就一直沒有敵手的他，曾幾何時在比賽裡卻贏不了年紀比自己小而且又是女生的直葉，結果他為了報復便聚集了數名同伴埋伏在直葉回家路上對她做些卑鄙的惡作劇。當時那個高年級學生僵硬的嘴角，就跟現在的西格魯特一樣充滿了憤恨。

結果在這裡也是一樣嗎——

被無處可發洩的失望給籠罩後，莉法整個人顯得垂頭喪氣。這時候站在她後面，像影子一樣隱藏住氣息的桐人忽然這麼低聲說道：

「同伴可不是你的道具唷！」

「咦……？」

由於沒辦法馬上理解這句話的涵義，莉法只能瞪大眼睛回頭看向桐人。同一時間西格魯特也發出了吼聲。

「……你說什麼……？」

桐人跨出一步，站到莉法與西格魯特之間，與高過自己整整一個頭的大漢面面相覷。

「我是說你不能把別的玩家當成你寶貝的劍或是鎧甲一樣鎖在裝備欄裡面！」

「你……你這傢伙……！」

聽見桐人率直的發言後，西格魯特的臉瞬間紅了起來。他立刻捲起從肩膀往下垂的披風，把手放在劍柄上。

「只會挖些垃圾的守衛精靈少忝不知恥了！莉法，妳也別跟這種傢伙混在一起！我看他一定是被領地放逐出來的『領地叛徒』吧！」

西格魯特用馬上就要拔劍似的態度吼出這一段話，讓在旁邊聽見的莉法因為憤怒而吼了回去。

「別說這種失禮的話！桐人他可是我的新夥伴唷！」

「妳說……什麼……」

西格魯特額頭上浮現青筋，然後用驚訝的聲音吼道：

「莉法……妳想要背棄領地嗎……」

聽到這句話，莉法也嚇得瞪大了眼睛。

ＡＬＯ的玩家根據遊戲型態大略可以分為兩種類型。

一種是像目前為止的莉法與西格魯特這樣，以領地為根據地然後與同種族的玩家組隊，並且將一部分賺來的金錢上繳給執政部來為種族發展盡一份心力的團體。另一種則是離開領地以中立都市為根據地，異種族之間組隊來攻略遊戲的團體。前者通常因為後者欠缺目的性而相當鄙視他們，稱呼這些放棄領地的——不論是自願或者是被領主所追放——玩家為領地叛徒。

莉法雖然對身為風精靈一分子的歸屬感相當低，但一半因為她很喜歡司伊魯班這個地方，另一半則是因為惰性使然，所以才會一直待在領地裡面。但是現在聽見西格魯特的這番話，讓她心裡想要被解放的慾望急速增強。

「嗯嗯……沒錯。我是要離開這裡。」

衝出口的就是這麼一句話。

西格魯特嘴唇扭曲，稍微露出一點緊咬著的牙齒，忽然拔出腰間的寬刃劍。接著用快要冒出火來的眼神瞪著桐人。

「……我本來覺得不用理這隻到處爬的小臭蟲，但做出這種小偷般的行徑實在是太囂張了。竟然敢厚著臉皮跑到人家的領地裡面來，那麼就算被幹掉應該也不能有所怨言吧……？」

聽見西格魯特宛如演戲般的說詞，桐人也只有做出聳了聳肩的動作。

雖然對他的大膽感到難以置信，但莉法還是做出一旦開始戰鬥便要砍向西格魯特的覺悟，跟著也把手放在腰間的長刀上。緊張的氣氛籠罩了整個環境。

就在這個時候，西格魯特背後的同伴小聲地囁嚅道：

「現在不行啦，西格大哥。在眾目睽睽之下殺掉毫無還手能力的玩家……」

四周圍不知道從什麼時候開始，已經圍了一圈注意到有事情發生而準備看熱鬧的人群。如果是正當的對決，或者是對方很明顯是間諜的話就算了，但現在西格魯特如果殺掉像觀光客一樣完全沒有攻擊權利的桐人，確實不能說是多光明正大的行為。

西格魯特咬緊牙齦瞪了桐人好一會之後，才把寬刃劍收回刀鞘裡面。

「你到外面去之後記得要躲好啊。莉法——」

他對桐人丟下這麼一句話之後，又把視線朝著後面的莉法看去。

「……妳現在背叛我，不久之後一定會後悔的！」

「總比留下來而感到後悔要好多了！」

「我勸妳還是先練習一下怎麼哭著跪下來求人，好替想回來時做準備吧！」

放聲說完這段話之後，西格魯特便轉過身子朝風之塔出口走去。跟在後面的兩名小隊成員原本似乎想說些什麼般，看著莉法的臉一段時間後，最後似乎還是放棄說話而追著西格魯特離開了。

他們的身影消失了之後，莉法才大大吐了一口氣，然後看著桐人的臉說：

「……抱歉，把你捲進這種風波裡面來……」

「不，是我不好，剛才的行為似乎是在火上加油……不過，就這樣捨棄領地真的沒關係嗎……？」

「啊——……」

莉法因為不知道該怎麼回答，最後只好靜靜地推著桐人的背要他趕快出發。從看熱鬧的人群當中離開之後，他們剛好坐上降下來的電梯。按下最上層的按鈕，半透明玻璃管底部的圓盤狀石頭便發出一點點綠色閃光，接著便以很快的速度向上升起。

幾十秒之後。電梯一停下，玻璃壁面瞬間便打了開來。明亮的朝陽與舒適的微風也在同一時間流進來。

莉法快步從管子裡走到風之塔最上層的展望台上。雖然已經數不清來過這裡多少次了，但這往四方擴展的壯大全景無論看多少遍都會讓她感到無比興奮。

風精靈領地位於阿爾普海姆的西南方。西側有一大半是草原然後接著海岸線，最後是一片閃爍著藍色光芒的無盡大海。東邊則是相連到天邊的蒼鬱森林，森林深處則與一排帶著薄紫色的山脈連接。而山稜線更遠方，就是幾乎與天空同化的高聳陰影——世界樹了。

「嗚哇……真是漂亮的景色……」

跟著莉法走下電梯的桐人，瞇著眼睛看了一下四周圍的環境。

「離天空真近……好像伸手就能碰到天空一樣……」

抬頭看著天空的桐人眼睛裡浮現出近似憧憬的感情，而站在他身邊的莉法則是靜靜把右手舉向天空然後說：

「就是啊。一看見這片天空，就會讓我覺得很多事情其實都很微不足道了。」

「……」

桐人用有些不好意思的眼神看向莉法。莉法回了一個笑容之後又繼續這麼說道：

「……剛好是個好機會。其實我本來就打算有一天要離開這裡了。但還是覺得一個人很恐怖，所以一直沒辦法下定決心……」

「這樣啊。但是……像這樣因為吵架而離開……」

「照剛才那種樣子看來，原本就不可能和平脫隊了。為什麼——……」

接著莉法半自言自語地說道：

「為什麼，要那樣子互相束縛呢……難得我們都有翅膀了……」

回答她這個問題的不是桐人，而是從他夾克肩部的大衣領鑽出來的妖精，名字應該是叫做結衣吧。

「人類真是複雜啊……」

她發出清脆聲音飛起來之後，馬上又降落在桐人另一邊的肩膀上，接著把小小雙手交叉在胸前歪著頭說：

「我沒有辦法理解，為什麼要用那種複雜的方式來尋求他人的理解呢？」

莉法一瞬間忘了她只是程式，只是一直盯著結衣的臉看。

「尋求理解……？」

「在我的認知裡面，尋求他人理解的衝動便是人類行為的基本原則。所以那也是我的基本程式，如果是我的話……」

結衣忽然把手放在桐人的臉頰上，接著蹲下來發出很大的聲音親了他一下。

「就會這麼做。非常簡單明瞭。」

看著嚇得瞪大了眼睛的莉法，桐人苦笑地用手指戳了一下結衣的頭。

「人類的世界可是更加複雜的地方唷。要是隨便做出像妳這種行為，可是會被控告性騷擾的！」

「也就是說是還要注意所謂的順序與形式吧？」

「拜託妳別再記些奇怪的玩意兒了……」

莉法只能呆呆在旁邊看著桐人與結衣之間的對話，最後好不容易才擠出這麼一句話來。

「這、這ＡＩ真是太厲害了。每隻寵物妖精都像妳這樣嗎？」

「那是這傢伙特別奇怪啦。」

桐人邊說邊抓起結衣的衣領，接著把她塞進自己胸口的口袋裡。

「原、原來如此。尋求他人的理解嗎……」

莉法重複著妖精說過的話，然後挺直了無力的腰桿。

這麼說來——自己想在這個世界裡任意飛翔的願望，其實也是冀望得到某個人的理解嗎。

腦海裡忽然閃過和人的臉孔，心臟也發出「怦通」一聲巨響。

難道說……自己是想利用這對精靈的翅膀，在現實世界裡飛躍各種障礙，然後直接撲進和人的懷抱裡嗎……？

「怎麼可能……」

是我想太多了。莉法在心裡對自己說道。我只是想飛行而已。就這麼簡單。

「嗯？妳說什麼？」

「沒、沒什麼。來……我們該出發了。」

對桐人露出笑容後，莉法仰頭往天空看去。這時受黎明陽光照射發出金色光輝的雲朵已經全部消失，取而代之的是一整片蔚藍天空。看來今天也是好天氣。

利用設置在展望台中央，名為地標石的石碑讓桐人保存回來時的座標後，莉法便輕輕震動背後的四枚翅膀。

「準備好了嗎？」

「嗯嗯。」

桐人與從他胸前口袋冒出臉來的妖精點頭表示同意，而莉法在確認完後正準備起飛時——

「莉法！」

此時忽然有個人幾乎快跌倒地衝出電梯然後叫住了她，莉法只好把稍微浮起來的雙腳再度降落到地面上。

「啊……雷根……」

「太、太過分了吧，跟我說一聲再出發也不遲啊。」

「抱歉——我忘了……」

聽見她這句話後肩膀整個脫力的雷根，抬起臉來後像重新振作起來般，用相當認真的表情說道：

「莉法，聽說妳脫離隊伍了？」

「嗯……雖然有一半是因為當時的情勢所逼的。那你要怎麼辦？」

「那還用說嗎，我的劍永遠只為莉法妳效勞啊……」

「啥──我根本就不需要。」

莉法的話再度讓雷根差點跌倒，但這種程度還不足以讓他感到挫折。

「總、總之事情就是這樣，我當然要跟妳一起離開……雖然很想這麼說，但因為有點事讓我非常在意……」

「……什麼事？」

「現在還沒有確切的證據……我還想再調查清楚一點，所以暫時還是先留在西格魯特隊伍裡好了。桐人先生──」

雷根用他所能表現出來最嚴肅的表情轉向桐人。

「她有喜歡惹麻煩上身的壞毛病，請你要多注意唷！」

「嗯、嗯嗯。我知道了。」

桐人則是用一臉覺得很有意思的表情點了點頭。

「──還有，我想跟你把話說在前頭，她可是我的嗚哇！」

語尾的悲鳴是因為莉法用盡全力往雷根的腳踩下去所造成。

「你少在那裡胡說八道了！我應該暫時都會在中立區域裡面，有什麼事就傳電子郵件給我吧！」

迅速講完後，莉法便展開翅膀慢慢浮了起來。她轉頭對著一臉依依不捨的雷根，用力揮了揮右手。

「……我不在的時候也要好好練習任意飛行唷。還有，別太靠近火精靈的領土！那我先走囉！」

「莉……莉法也要保重身體唷！我馬上就會趕過去了！」

明明過沒多久就可以在學校裡和這個流淚大叫的角色本人見面了，但心裡還是湧起了一股離別的哀傷，於是莉法只好急忙將臉轉往別的方向。她看向東北方之後，固定翅膀的角度開始滑翔。

隨即趕到她旁邊的桐人，一臉強忍住笑容的表情說道：

「妳說他在真實世界裡也是你的朋友？」

「嗯……算是吧。」

「這樣啊……」

「你這句『這樣啊』是什麼意思……」

「沒有啦，只是覺得很羨慕而已。」

口袋裡的妖精也接著桐人之後繼續說道：

「我可以理解那個人的感情。他真的很喜歡莉法小姐對吧。那麼莉法小姐，妳也一樣喜歡他嗎？」

「我、我不知道啦！」

莉法終於受不了而大聲吼了起來，接著便因為要掩飾自己的害羞而加快了速度。雖然早就習慣雷根這種毫不掩飾的態度，但不知為何有桐人在旁邊就是會讓莉法感到很不好意思。

回過神來之後，才發現不知不覺間已經離開城鎮，來到森林的邊緣地帶了。莉法將身體轉了半圈後維持著倒退飛行的姿勢來凝視著逐漸遠去的翡翠街道。

一想到要從生活了一年的司伊魯班裡離開，就有股近似鄉愁的感覺刺痛著她的胸口，但朝未知世界出發的興奮感又沖淡了這種刺痛。她在心裡對這座城鎮說了聲再見，接著便再度轉過身去。

「──來，飛快點吧！利用一次的飛行就要到達那座湖唷！」

莉法用手指著遠方閃耀光芒的湖面，開始全力震動起翅膀。

＊＊＊

亞絲娜拚命忍住潮濕又冰冷的指間劃過自己上臂時的觸感。

她現在正坐在鳥籠中央那張巨大的床邊。隨意披著綠色寬外袍的奧伯龍正橫躺在上面，他一把抓過坐在旁邊將頭轉向別處的亞絲娜左手就開始撫摸起來。看來他應該是在享受那種「只要我想的話隨時都可以侵犯妳」這個狀況所帶來的快感吧，只見他那端莊的人造臉孔上露出了比往常還要黏稠的笑容。

不久前，奧伯龍進入鳥籠之後便橫躺在床上，當他要亞絲娜到身邊去時她實在很想拒絕，而開始摸起亞絲娜手臂時她差點就準備要狠狠揍下去。

但她之所以咬緊牙關硬是壓下厭惡感而遵從奧伯龍的指示，就是怕對方比現在更加限制她的自由。當然奧伯龍心裡正期待著亞絲娜能夠反抗。這樣他就能夠在盡情欣賞完亞絲娜痛苦的表情後，再給予她系統上的束縛來展現出自己的實力。但趁著還殘留一絲逃走的可能性時——至少要保持在籠子內部可以自由活動的狀態才行。

只不過她的忍耐還是有限度。如果這個男人真的摸起她的身體，她馬上就會用拳頭全力朝男人的臉中央捶下去。亞絲娜一邊這麼想著一邊把身體繃得跟石頭一樣，可能是摸了許久亞絲娜也沒有任何反應而感到失望了吧，奧伯龍放開手後仰躺在床上。

「哎呀哎呀，妳這女人還真是固執啊！」

他有點不太高興地說道。只有這個聲音與記憶中的須鄉完全相同，也是造成亞絲娜厭惡感的根源。

「反正只是虛幻的身體而已嘛。摸一下也不會少塊肉啊。一整天待在這裡面很無聊吧？妳就不會想要快樂一下嗎？」

「……你是不會了解的。這跟是真實還是假想的身體沒有關係。至少對我而言是如此……」

「妳是想說我會污染妳的心靈嗎？」

奧伯龍用喉嚨深處發出咕咕的笑聲。

「反正在我鞏固自己的地位之前是不打算放妳出來了。妳還是先學會讓自己快樂的方法會比較好唷。妳知道嗎？那個系統實在是太深奧了！」

「我沒興趣。而且……我不認為自己會一直被你關在這個地方。一定會有人來救我的。」

「什麼？妳是說誰會來救妳？難道是那個英雄桐人嗎？」

一聽見這個名字，亞絲娜的身體不由得震動了一下。奧伯龍的笑容愈來愈深，並且撐起了上半身。他用那種──「終於找到能讓亞絲娜感到心靈痛苦的弱點了」的態度，開始滔滔不絕地說起話來。

「他……本名應該是姓桐谷吧？前幾天我在真實世界裡遇見他了。」

「…………！」

一聽到這裡，亞絲娜馬上把頭抬起來，直接正面盯著奧伯龍看。

「哎呀，很難相信那個瘦弱的小鬼竟然是完全攻略ＳＡＯ的英雄！還是說他就是那種只會打電動的宅男呢？」

奧伯龍的表情愈來愈是興奮。

「妳知道我是在哪裡碰見他的嗎？在妳的病房裡面啊……就是妳真實身體所在的地方。在昏睡的妳面前，我告訴他下個月要跟妳結婚時，他臉上的表情實在是太棒了！簡直就像骨頭被人搶走的狗一樣，實在是笑死人了！」

奧伯龍一邊發出「嗚嘻、嗚嘻」這種斷斷續續的奇怪笑聲，一邊把身體轉過來。

「那麼妳是相信那種小鬼可以救妳出去囉！我可以跟妳打賭，那個小鬼絕對沒有膽量再戴上NERvGear了！再說，他根本就不可能知道妳在這裡。對了，得把婚禮的邀請函寄給他才行。他一定會來看妳穿婚紗的模樣。還是要給我們的英雄一點小小的甜頭才行嘛！」

亞絲娜再度慢慢低下頭去，然後背對著奧伯龍，把身體靠在從床上方天花板上垂下來的鏡子上。她整個人肩膀無力地下垂，手緊緊地抓住坐墊。

可能是看見亞絲娜這種樣子讓他感到很滿足吧，從鏡子裡可以見到奧伯龍下床然後站起身來。

「可惜的是，那個時候我已經先把監視攝影機切掉了，所以沒能拍下他垂頭喪氣的模樣。如果有拍下來的話就可以拿來給妳看了。下次有機會的話我一定會試著這麼做。我得先暫時離開了，蒂塔妮亞。到後天為止妳會很寂寞吧，不過也只好請妳暫時忍耐了。」

最後奧伯龍又發出咕咕的笑聲，然後便轉身準備離開。只見他晃著身上的寬外袍往門口走去。

亞絲娜從鏡子裡面確認奧伯龍愈來愈小的身影，然後一邊裝出啜泣的模樣一邊在內心大聲吶喊著。

——桐人他……桐人他還活著！

被囚禁在這個世界之後，這一直就是亞絲娜最擔心的事情。會不會只有自己被轉送到這個世界，而桐人的意識就這樣消滅了——雖然一直強迫自己不要去想，但這種想法卻一點一點侵蝕著亞絲娜的心靈。

但是現在奧伯龍卻親自把她的憂慮給清除掉了。

這男人雖然頭腦很好，但其實是個愚蠢的傢伙。從以前就一直是這樣。沒有辦法壓抑自己那股想用言語挖苦人的衝動。雖然在亞絲娜的雙親面前裝得非常乖巧，但是須鄉對他人惡毒的批評，已經讓亞絲娜和她哥哥對這個人感到相當厭惡了。

剛才也是一樣。如果真的要讓亞絲娜的心靈就此折服，他就不應該講出關於桐人的話題，而是應該說桐人早已經死了。

桐人還活著。他還活在現實世界裡面。

這句話在亞絲娜心裡面重複了許多遍。每說一次，她心裡的那盞燈光的火苗便愈來愈熾烈穩固。

只要他還活著，就絕對不會坐視不管。他一定會找出這個世界然後趕過來。所以自己也不能只是被關在這裡面。一定要找出一件自己也能辦到的事情並且加以實行。

亞絲娜繼續對著鏡子做出悲傷的模樣。在鏡子裡面可以見到走到遠方的奧伯龍稍微轉過身子，確認了一下亞絲娜的模樣。

門旁邊有一塊小小的金屬板，上面排列著十二個小按鍵。依照正確順序按下按鈕就可以將門打開。

其實根本不用這樣大費周章，只要把這裡設定為只有管理者權限才能打開就可以了，但奧伯龍似乎有他自己堅持的原則，不願意把帶有系統氣息的設置帶到這裡來。無論如何都想當自己是精靈王，然後以虐待自己的王妃為樂。

這也就是他的愚蠢以及性格上的瑕疵。

奧伯龍抬起手來操縱著金屬板。他站的地方離亞絲娜相當遙遠，因為遠近效果而讓細部表現減少，沒辦法看清楚他是在按哪些按鈕。這點奧伯龍早已經確認過了，於是他認為只要有這種系統，這座籠牢就可以算是堅若磐石。

事實上他想得一點都沒錯──如果是直接看向奧伯龍的話。

他接觸NERvGear所創造出來的假想世界還沒有多久時間。所以有許多事情是他不清楚的。比如說這個世界裡的鏡子不會產生光學現象這件事。

亞絲娜假裝哭泣，然後在最近距離下看著鏡子。鏡子裡清楚地映照出奧伯龍的身影。如果是現實世界裡的鏡子，就算怎麼把臉貼近還是不可能看得清楚，但是在這個身為遊戲物體的鏡面上，會將所有應該映照出來的東西以高解析度的畫素完全呈現出來。就連遠近效果也沒辦法影響到鏡子裡的世界。亞絲娜可以很清楚地看見他手指的動作。

她是前一陣子才想到這個主意。但直到今天才有機會在奧伯龍要離開房間前自然接近鏡子。她絕對不能放棄這種千載難逢的機會。

……8……11……3……2……9。

亞絲娜把那雙純白手套所按下的號碼與順序牢牢地記在心底。門被打開後，奧伯龍低身穿越門口，接著便又是一陣關門的聲音。精靈王一邊搖晃著黑底碧綠色花紋的翅膀，一邊從巨木的道路上遠去，不久後便看不見他的身影了。

亞絲娜耐著性子等待著出現在鳥籠地板上的欄杆影子慢慢改變形狀。

目前所知道的情報還不算多。

這裡是一款名為「ALfheim Online」的遊戲內部，它是與ＳＡＯ相同類型的ＶＲＭＭＯ遊戲，雖然令人難以置信，但這款遊戲已經正式招募玩家並且上線營運當中。奧伯龍／須鄉利用ＡＬＯ伺服器將原本ＳＡＯ玩家的一部分，約三百名玩家的頭腦「監禁」起來，並且把他們拿來進行違法的人體實驗。亞絲娜知道的就只有這麼多了。

她曾問過須鄉為什麼要在眾所皆知的遊戲裡做出違法實驗這種危險的行為，他則是用鼻子冷哼一聲後如此回答。妳啊——知不知道要運行這種系統得花多少錢？光是一台伺服器就要幾千萬啊！上線營運的話除了可以增加公司利益之外還可以順便進行我的實驗，這樣不是一石二鳥嗎！

簡單說也就是關於財務方面的問題吧，但這對亞絲娜來說正是絕佳的狀況。如果是完全封閉的環境那就無計可施了，但如果是與現實世界相連結的話，那就一定會有某些破綻才對。

她已經從奧伯龍嘴裡套出這個世界的一天結束地比現實世界還要來得快。但光憑這點還是很難以推測出現實世界目前是幾點，然而這個困難的問題則又是奧伯龍本人在無意識的情況下提供了答案。

他是在工作結束之後，每兩天會到這裡來一次，可以知道他應該是使用公司裡的儀器來進行潛行。由於亞絲娜了解他有嚴格遵守自己生活週期的習慣，所以應該都是在差不多的時間裡到這裡來。如果亞絲娜要有所行動的話，最好是在他回家並且睡著了之後會比較合適。

當然與這個陰謀有關的應該不只他一個人而已。但這很明顯的是犯罪行為。所以不太可能ＡＬＯ營運企業裡所有人都知道這件事情。最多也只有幾個人——如果他們都是須鄉直屬的部下，那就不可能幾乎二十四小時全天監視著ＡＬＯ內部才對。因為不會有上班族願意每天晚上熬夜加班。

如果可以趁他不注意時離開這個鳥籠，並且連結到應該存在於某處的系統終端機然後登出的話就好了。即使做不到這點，至少也要想辦法對外界發出訊息——亞絲娜躺在床上，保持著把臉埋在枕頭裡的姿勢，靜待著時間慢慢流逝。

＊＊＊

莉法有點佩服又有些受不了地看著桐人的戰鬥。

他們正在風精靈領土東北方的廣大「古森林」上空，還差一點就要離開森林到達高原地帶的地方。司伊魯班已經在遙遠後方，無論怎麼樣定眼凝神都看不見那座翡翠之塔了。

由於他們已經進入到中立區域的深處，所以出現怪物的等級也愈來愈高。現在桐人正一口氣面對三隻同樣的怪物。那是長著翅膀的獨眼大蜥蜴「邪惡閃爍者」，其戰鬥力在風精靈領地的初級迷宮裡已經可以算是魔王等級了。

基本能力值雖然不高，但棘手的是從牠紫色獨眼所施放出來的「邪眼」——這是詛咒系的魔法攻擊，一旦被擊中後一時之間所有數值便會大幅降低。所以莉法便待在遠距離處持續進行援護，每當桐人中詛咒時便趕緊施放解咒魔法，但老實說連她自己也懷疑起究竟有沒有這麼做的必要。

桐人握著幾乎與身高相同的巨劍，像是字典裡沒有過防禦或迴避這兩個名詞一般，只是狂暴地不斷把蜥蜴轟落並切碎。他完全不在意蜥蜴用尾巴所做出的遠距離攻擊，只是一邊揮劍一邊向前突進，有時甚至一次就將數隻蜥蜴捲進攻擊暴風當中。恐怖的是他一擊的威力讓原本有五隻的邪惡閃爍者一下子數量便減少，而最後一隻在ＨＰ剩下兩成左右時便開始逃跑。當牠發出可憐的悲鳴準備逃進森林時，莉法對那傢伙伸出左手發射了遠距離追蹤系的真空攻擊魔法。四～五枚發出綠色光輝的迴旋鏢狀刀刃飛過空中，像是纏繞住蜥蜴身體般將牠的鱗片割裂。最後那隻藍色爬蟲類的巨大身軀便化成多邊形碎片四處飛散，今天第五場戰鬥也輕鬆結束了。

隨著巨大金屬聲響一起將劍收進劍鞘之後，桐人便慢慢朝莉法飛了過去，而莉法則是對著他舉起了右手。

「辛苦了——」

「謝謝妳的援護——」

兩個人用力擊掌之後又相視一笑。

「不過……該怎麼說呢，你戰鬥的方式也太誇張了吧。」

莉法說完之後桐人便抓了抓頭然後回答：

「會、會嗎？」

「一般來說應該是要更加注意迴避然後不斷重複進行打帶跑戰術才對。但你根本就是攻擊再攻擊嘛！」

「這樣不是可以比較早結束嗎？」

「像剛才那樣只出現一種怪物的話還沒問題。如果出現接近型與遠距離型的混合，或者是和組隊的玩家戰鬥時，無論如何都一定會被魔法擊中的，所以還是要注意一下比較好。」

「魔法沒有辦法迴避嗎？」

「遠距離攻擊魔法有好幾種，重視威力的直線軌道魔法只要看出發射方向就能躲開了，但有高追蹤性能的魔法或是廣範圍攻擊魔法就躲不開。要是對方有使用這方面魔法的魔法使在的話，就有必要高速移動來計算錯身而過的時機。」

「唔姆……之前玩的遊戲裡面完全沒有魔法……看來還有許多要學的事情啊……」

桐人像是拿到一本困難問題集的少年一樣抓著頭。

「哎呀，我想你一定馬上就能抓住訣竅啦……畢竟你眼力那麼好。現實世界裡有從事什麼運動嗎？」

「完、完全沒有……」

「這樣啊……算了，這不是重點。那我們繼續前進吧。」

「嗯。」

互相點頭之後，兩人便震動翅膀再度開始移動。在夕陽照耀下閃耀著金綠色光芒的草原開始出現在森林的另一端。

之後兩人便沒再遇見怪物，離開古森林來到了山岳地帶。剛好飛行能力也到了極限，於是他們便在山麓緩坡的草原上降落。

鞋底一邊在草地上滑行一邊著陸的莉法，停下來後便把兩條手臂整個向上伸展。明明是真實身體沒有的器官，但經過長時間飛行之後，很不可思議的是翅膀根部還是會有疲勞感產生。

遲了幾秒鐘著地的桐人也同樣把手放在腰部然後伸展背肌。

「呵呵，累了嗎？」

「不會，我還可以繼續！」

「哦，這麼拚命。雖然還想飛下去……但空中旅行要先到這裡告一段落了。」

聽見莉法所說的話之後，桐人揚起眉毛這麼問道：

「唉唷，為什麼？」

「看也應該知道吧，因為那座山。」

莉法用手指著聳立在草原前方，山頂冠雪的那座高山。

「它可是比飛行上限高度還要高唷，要渡過這座山就得先穿越山洞才行。這好像就是從風精靈領地要到阿魯恩最困難的地方。從這之後的地帶就連我也是第一次來了。」

「原來如此……洞窟啊，會很長嗎？」

「相當長。途中有一座中立的礦山都市，我們可以在那裡休息……桐人，你今天時間上沒問題嗎？」

桐人揮動右手叫出視窗來確認了一下時間，接著點了點頭。

「現實時間是晚上七點。我應該沒有問題唷。」

「嗯嗯，那我們就再努力一陣子吧。先在這裡輪流登出吧。」

「輪、輪流？」

「嗯嗯，就是輪流登出去休息的意思啦。這裡是中立地帶，沒辦法立即登出。所以就輪流登出，留下來的人就幫忙照顧成為空殼的角色。」

「原來如此，我了解了。那莉法妳先請吧。」

「那我就不客氣囉。麻煩等我個二十分鐘！」

說完後，莉法就叫出視窗然後按下登出鍵。按下警告訊息的確認鍵後，周圍風景便像往中央一點流進去般逐漸遠去，接著消失無蹤。

躺在床上覺醒過來的直葉幾乎等不及拔下AmuSphere便起身往房間外面衝去。她躡著腳步跑下樓梯。看來雜誌校對截稿日接近的翠還沒有回家，和人可能也待在房間裡頭吧，一樓顯得相當安靜。

直葉打開冰箱之後，不斷拿出預先買好的兩個培果、生火腿、奶油起司與蔬菜等食物。接著迅速把圓麵包切開，塗上一層薄薄的芥茉醬接著把火腿等食品全部都夾進去，最後把完成的兩個培果三明治移到盤子上。再將牛奶倒在在小小的牛奶鍋裡後放在ＩＨ電磁爐上，然後直葉回到樓梯口，對著二樓大聲叫道：

「哥哥，你要吃飯了嗎？」

……但是沒有任何回應。可能是在睡覺吧，直葉聳了聳肩之後便回到廚房裡面。把開始有點冒煙的牛奶倒進大馬克杯之後，就把它和盤子一起拿到飯桌上面去。小聲說完「開動了」後，花了九十秒鐘便將這簡單完成的晚餐全部塞進肚子裡頭去，把碗盤丟進洗碗機裡後立刻朝著浴室衝去。就算是在假想世界裡的戰鬥還是會因為緊張而流汗，從長時間的潛行恢復過來而沒有洗澡換衣服的話便會覺得很不舒服。

她用超高速度脫完衣服後衝進浴室裡面，將有點燙的熱水從頭淋下去。

其實因為玩ＶＲＭＭＯ而隨便吃飯、洗澡的話一定會挨母親的罵，所以直葉總是會注意不讓團體行動超過剛入夜的時間。但這次就沒辦法了。和桐人的旅行可能只到明天，如果不順利的話可能就得拖到後天。可能是個性上的問題吧，直葉一直不喜歡長時間的組隊活動，尤其是還要到隔天更是會讓她感到有種窒息感，但很不可思議的是這次竟然沒有那種感覺。甚至可以說——

……我竟然覺得很興奮。

她一邊感覺熱水淋在自己的眼瞼上，一邊在心裡這麼說道。

瞬間睜開眼睛之後，從正面的鏡子裡也可以見到一雙黑色眼睛正看著自己。眼神深處那高揚和一點點困惑的感覺混合在一起，讓她產生了一陣動搖。

以劍道選手來說，直葉在現實世界裡的體格絕對不能算是魁梧，但與風精靈莉法比起來很明顯就粗壯多了。只要一活動肩膀和大腿馬上就會浮現肌肉線條，此外最近還感覺胸部似乎變得更大了。

感覺現在這副真實存在的身軀，似乎將她藏在內心深處的細微糾葛完全都給展現出來，直葉只好再度緊閉上眼睛。

……我也不是喜歡上他了。這跟一起冒險的人根本沒有關係……只是進入一個新世界所帶來的興奮感而已。

她在心裡這麼嚅囁著，其實她這麼做也不只是要說給自己聽而已，這也是個千真萬確的事實。

回想起來，從前每一天幾乎都有這種感覺。

隨著實力愈來愈強，活動範圍也逐漸變得寬廣，光是在不熟悉的土地上空飛行便能讓自己心跳不已。但是自從被人奉承為風精靈領土裡老經驗的強力玩家後，增長的知識也同時造成阻礙，不知不覺之間每天便被掩埋在惰性當中了。為了種族全體而戰這種義務，就像是一道加諸在翅膀上面的透明枷鎖一樣。

ＡＬＯ裡將放棄領地的人稱為「Renegade〈領地叛徒〉」，這英文單字原本是「叛教者」的意思。捨棄成為義務的教義而被趕出故鄉的人們……至今為止一直被人認為是下流背叛者的這群人，說不定心裡也有一絲驕傲存在——

直葉一邊茫然地這麼想著，一邊迅速洗完頭髮與身體然後將泡沫沖掉。從牆壁上的凹槽裡拉出乾毛巾，操作旁邊的面板之後，從天花板隙縫裡便降下了強烈的暖風。等頭髮差不多乾了時她便走出浴室，用寬大的浴巾包起身子然後跑向客廳。看了一下時鐘，發現跟人家說大概要

花二十分鐘的時間，而現在已經過了十七分鐘了。

她把另一盤培果三明治包上保鮮膜後，撕了一張便條紙在上面寫下「哥哥，肚子餓了就吃這個吧」，然後把它夾在盤子下面。

直葉衝回到二樓自己房間後，以飛快的速度換上運動服躺在床上，接著戴上休眠狀態中的AmuSphere。

以等不及的心情通過連線程序，鑽過七彩光圈後，馬上就有草原微風帶著清爽的芳香來迎接直葉／莉法。

「讓你久等了！有怪物出現嗎？」

莉法由待機姿態——單膝跪地的姿勢——站起身來問道，躺在旁邊的桐人把嘴裡綠色吸管狀的物體拿開後點了點頭。

「歡迎回來。什麼事都沒發生唷。」

「……你那是什麼？」

「我在雜貨店裡買的……ＮＰＣ說是司伊魯班的特產。」

「我怎麼不知道有那種東西。」

結果桐人輕輕把那個物體丟過來。莉法單手接過之後，雖然心裡很是緊張，但還是裝出一臉沒事的樣子把它含進嘴巴裡。吸了一口後，香甜的薄荷香氣整個在嘴裡擴散開來。

「那這次換我登出了。護衛就拜託妳了。」

「嗯，快去吧。」

桐人叫出視窗然後登出，他的角色馬上自動變成待機姿態。莉法在他旁邊坐下，一邊呆呆看著天空一邊吸著薄荷煙斗時，小妖精忽然偷偷摸摸地從桐人胸前口袋裡鑽了出來，讓她嚇了一大跳。

「哇啊！妳……妳就算主人登出也可以活動嗎？」

結果結衣臉上露出那還用說的表情，把小手叉在腰部點了點頭。

「那是當然囉──因為我就是我啊。而且他不是我的主人，是爸爸。」

「話說回來……為什麼妳會稱呼桐人爸爸呢？難道說，那個……是他這麼設定的嗎？」

「……因為是爸爸他救了我。他對我說我是他的小孩。所以他就是我爸爸。」

「是、是哦……」

還是沒辦法搞懂究竟是怎麼回事。

「……妳喜歡爸爸嗎？」

莉法隨口這麼一問之後，結衣忽然用相當認真的表情回看著她說：

「莉法小姐……所謂的喜歡，究竟是什麼樣的感覺呢？」

「什、什麼感覺……」

莉法不由得含糊以對。考慮了一下之後才回答了這麼一句話。

「……想一直跟他在一起，而在一起的時候又會感到心跳加速。大概就是這種感覺吧……」

她的腦海裡出現和人的笑容——不知道為什麼，身邊閉著眼睛蹲在地上的虛擬角色，側臉竟然和和人的笑容重疊在一起，這讓莉法嚇得屏住呼吸。曾幾何時，自己竟然從桐人身上感覺到類似內心深處對和人的愛慕，這使得莉法拚命搖著頭。看見這一幕的結衣，用疑惑的表情對她問道：

「妳怎麼了，莉法小姐？」

「沒沒沒沒事！」

莉法忍不住大叫了起來，就在這個時候——

「什麼沒事啊？」

「哇！」

桐人忽然抬起頭，讓莉法嚇到真的跳了起來。

「我回來了。發生什麼事了嗎？」

桐人對莉法露出搞不清楚狀況的表情，然後從待機姿勢站起身來。最後是站在他肩膀上的結衣這麼說：

「歡迎回來，爸爸。我剛才在和莉法小姐說話唷。我們在談喜歡——」

「哇，都說沒事了！」

急忙發言打斷結衣所說的話之後莉法也站起身來。

「這、這麼快就回來啦。已經吃飽了嗎？」

為了掩飾害羞的心情這麼問完後，桐人便笑著點了點頭。

「嗯。家人幫我做好放在桌上了。」

「這樣啊，那我們趕緊出發吧。在夜深之前不到達礦山都市的話就沒辦法登出了。來，到達洞窟入口之前還要再飛一陣子！」

看著她快速說話的模樣，桐人和結衣都感到相當奇怪。但莉法卻不理會他們，依然張開翅膀並且輕輕地開始震動。

「嗯，好。那我們出發吧。」

桐人雖然還是一臉狐疑，但也跟著將翅膀打開——但忽然又轉身朝剛才飛過來的森林看去。

「……？怎麼了？」

「沒有啦……」

莉法問完後，桐人忽然一臉認真地看著蒼鬱的森林內部。

「總覺得好像有人在看著我們……結衣，我們附近有其他玩家嗎？」

「不，沒有任何反應。」

妖精搖了搖她嬌小的頭部。但是桐人卻還是沒辦法接受地繃著一張臉。

「你說有人看著我們……這個世界裡有這種像第六感之類的東西嗎？」

聽見莉法的問題後，桐人用右手撫摸著下顎這麼回答：

「……妳可別小看了這種感覺啊……比如說有人在看著我們時，系統為了要得到傳遞給那個人的資訊，就會對我們進行『參照』。有人說這種感覺就是腦部感覺到參照的電流……」

「是、是哦……」

「但是結衣沒看見的話那就應該沒有人在了……」

「嗯──說不定有搜尋者跟著我們……」

莉法小聲說完後，桐人便揚起眉毛然後說：

「那是什麼？」

「就是追蹤魔法。通常都是以小動物的模樣出現，會告訴施術者搜尋對象的位置。」

「那還是真方便啊。那種魔法沒辦法解除嗎？」

「能找出搜尋者的話就有辦法解除，不過施術者的魔法技能很高的話，與搜尋對象間的距離就能夠拉得很遠，在這種區域裡面幾乎是不可能發現搜尋者的。」

「這樣啊……嗯，說不定只是我的錯覺……我們還是先趕路吧。」

「嗯。」

互相點了點頭後，莉法和桐人便踢了一下地面向上浮起。近在眼前的白色山脈像絕壁般聳立在眼前，它中段的部分有個巨大洞窟對桐人他們張開了黑暗的大嘴。莉法用力震動著翅膀，朝著那個似乎正噴出冰冷氣息的大洞穴加速前進。

經過幾分鐘的飛行之後，兩個人與一隻妖精到達洞窟入口。

在幾乎垂直矗立的一塊岩石中央，有著像被巨人用鑿子鑿開的四角形洞穴。無論是寬度或是高度都有莉法身高的三、四倍左右。在遠方時還看不出來，但接近之後才知道入口周圍刻有恐怖的怪物雕刻，中央上方還有一顆比其他雕像還大的惡魔腦袋突出來瞪著入侵者。

「……這個洞窟有名字嗎？」

桐人問完後，莉法點了點頭回答說：

「這裡確實是叫做『魯古魯迴廊』。魯古魯便是這座礦山都市的名字。」

「這樣啊。我忽然想起來……以前在某部奇幻電影裡也有類似的劇情……」

莉法從旁瞪著桐人滿臉笑容的側臉。他指的應該是把古典奇幻小說電影化的三部曲巨作吧。和人房間裡面有好幾年前推出的盒裝收藏版，直葉曾自己將它們拿出來全部看完。

「……我知道你說的電影。越過山頭進入地下礦山後，被一頭巨大惡魔襲擊對吧。很可惜的是，這裡不會有惡魔型怪物出現。」

「那真可惜。」

「啊，但是好像有半獸人的樣子唷。如果那麼期待的話就全交給你收拾囉！」

莉法說完就把臉別到一邊去，接著直接往洞窟內部前進。

洞窟裡面非常涼爽，由外界射進來的光線馬上就變弱，周圍開始被一片黑暗所覆蓋。莉法原本抬起手打算用魔法發出光亮，但忽然像想起什麼般看在旁邊的桐人說：

「話說回來，桐人你有在提昇魔法技能嗎？」

「啊——只有種族初期設定的魔法而已……我不常使用就是了……」

「洞窟這種地方是守衛精靈拿手的地形，應該有比魔法光束和風魔法更好的法術才對。」

「嗯——結衣，妳知道嗎？」

桐人邊搔頭邊問完之後，從胸前口袋冒出頭來的結衣馬上用學校老師的語氣說道：

「爸爸你真是的，說明書還是要看一下比較好啦。發光的魔法嘛……」

桐人舉起右手，用生硬的聲音重複著結衣一個音一個音發出來的咒文。唸完之後，從他手裡擴散出灰白色光芒，當光芒一包圍住莉法時，她的視線馬上就明亮了起來。看來不是發出光亮來照耀四周圍環境，而是讓對象擁有夜視能力的魔法。

「哇啊，這可真是方便。看來也不能小看了守衛精靈哦！」

「啊，這樣講真是傷人。」

「呵呵呵。沒有啦，不過你還是把能使用的魔法記起來比較好唷。就算是守衛精靈的沒用魔法，有可能還是會遇上靠它救命的狀況。」

「嗚哇，這更傷人了！」

兩人邊開玩笑邊往蜿蜒的洞窟下方走去。不知不覺之間已經完全看不見入口的白光了。

「嗯是這樣子嗎……阿爾·蒂那·雷……雷伊……」

桐人邊看著發出紫光的詳細說明書邊用生硬的語氣碎碎念著咒語。

「不行不行，你這樣斷斷續續的唸法根本沒辦法發動魔法。不能機械式地生吞硬背來記住咒文，而是要記住它們各自『言語力量』的意義，然後才能聯想到其魔法效果啦。」

莉法說完之後，黑衣劍士的肩膀便隨著他的嘆息聲垂了下來。

「沒想到在遊戲裡面還要像背英文單字一樣傷腦筋……」

「別說我沒告訴你啊，上級咒文可是多達二十幾個字喔。」

「嗚哇……我還是當個純劍士就好了……」

「不要還沒試就放棄了！來，從頭再練習一遍！」

——進入洞窟已經過了兩個小時的時間。途中雖然遭遇了十幾次半獸人的攻擊，但也都輕鬆過關，而之前在司伊魯班先買好的地圖也讓他們完全沒有迷路，順利地朝目的地前進。根據地圖上顯示，接下來將會到達一條架在廣大地底湖上的橋，過了橋之後便是地底礦山都市魯古魯了。

魯古魯雖然不是像大地精靈首都那樣的巨大地底要塞，但因為這裡出產相當優良的礦石，所以有許多商人與鐵匠玩家在這裡生活，然而目前為止他們還沒有碰見過其他玩家。這個洞窟除了不是會出現許多怪物的練功場之外，對在飛行上佔優勢的風精靈來說，很多人都不喜歡到這個不能飛的地方來。洞窟內的寬度與高度雖然十分充足，但由於做為飛翔力量泉源的日光與月光沒辦法照到裡面，所以翅膀完全沒辦法恢復。

風精靈玩家如果要去阿魯恩觀光或是經商，即使會多花許多時間，通常還是會經過風精靈領地北方的貓妖領地來繞過這座山脈。貓妖是有著與貓相同耳朵與尾巴的種族，他們擅長於能馴服怪物或動物的「馴獸師」技能，從以前便時常提供風精靈他們馴服的動物做為坐騎，所以與風精靈一向有相當良好的關係。此外兩位領主之間也有深厚的友誼，甚至有傳聞兩個種族最近就要正式結盟了。

由於莉法也有好幾個熟識的貓妖朋友，所以這次要出發去阿魯恩時也曾經考慮過要繞道北方路徑。但因為桐人看起來非常著急的樣子，最後她還是選擇了穿越這座山脈。老實說深入地下讓她感到不安，但照這個樣子看起來應該可以安全突破這個關卡才對。

——不過話說回來，為什麼桐人會這麼急著想到阿魯恩，或者應該說是世界樹去呢？他的理由目前仍然成謎。他那種異於常人的態度讓人實在沒辦法窺知他的內心世界，但可以從戰鬥的模樣來判斷他應該相當焦急。

印象中他確實有說過自己正在找人這種話。其實在遊戲內部尋找真實世界裡無法取得聯絡的人也不是什麼多稀奇的事情。雜貨店前的公佈欄上尋人啟事一欄就時常有「我在找某某人」這種訊息。不過理由通常不是尋仇就是戀愛糾紛，但總覺得這兩種原因都不像是會發生在桐人身上的事。而且——如果是在阿魯恩找人的話還可以理解，但他竟然說要到世界樹上面去。那裡到目前為止都是不可侵犯的領域，就算能到達根部好了，想爬到上面可以說是根本不可能的事情……

走在持續與咒文奮鬥當中的桐人身邊，莉法暫時讓自己沉浸在漫無邊際的思考當中。平常的話在中立地帶裡發呆根本就是自殺行為，但這次的旅行裡面結衣總是以相當高的準確度來預告有怪物接近，所以根本不用擔心忽然遇襲。

又過了幾分鐘之後，當他們終於快接近地底湖時，將莉法意識拉回現實的不是結衣的警告，而是嘟嘟嘟這種類似電話鈴聲的聲音效果。

莉法瞬間抬起頭來，對著桐人這麼說道：

「啊，我有電子郵件進來了。抱歉等我一下。」

「嗯嗯。」

她停下腳步後，用手指碰了一下位於身體前方，大概比胸部還要低一點的位置上那個代表圖像。瞬間視窗便打了開來，傳送過來的朋友訊息也顯示在上面。其實莉法登錄為朋友的，雖然不願意但也只有雷根一個人而已，所以在還沒看訊息之前就知道是誰發過來的。她心裡一邊想著反正一定又是些沒有營養的內容一邊往下方看去。但是——

【果然不出我所料！要小心ｓ！】

訊息裡面就只寫了這句話。

「這是什麼？」

莉法忍不住抱怨了一下。寫這樣完全不知道是什麼意思。什麼正如他所料，要注意些什麼，還有最後面的「ｓ」究竟是什麼意思。如果是簽名的話應該是Ｒ才對，還是說他沒寫完就按到傳送訊息了呢？

「ｓ……sa……shi……su……嗯……」

「怎麼了嗎？」

正當莉法準備對臉上出現訝異表情的桐人說明內容時……結衣忽然從他胸前的口袋冒出臉來這麼說道：

「爸爸，有物體正在往這裡靠近。」

「是怪物嗎？」

桐人把手放在背後的巨劍劍柄上。但是結衣卻搖了搖頭繼續說：

「不——應該是玩家。數量相當多……總共有十二個人。」

「十二個人……？」

莉法驚訝到說不出話來。以一般的戰鬥單位來說這人數實在太多了。難道是由司伊魯班出發，要到魯古魯或是阿魯恩去的風精靈族貿易團嗎？

確實，風精靈每個月都會組織一次往來於領地與中央之間的龐大隊伍。但是依照慣例，通常都會在出發前幾天全力宣傳來招募參加者才對，今天早上看公佈欄的時候，並沒有看到這種訊息。

不過就算是來歷不明的集團好了，只要對方是風精靈的話就不會有危險。雖然不認為會在這種地方出現異種族ＰＫ集團，但心裡總有種不祥預感的莉法轉身對桐人說：

「我有種不祥的預感。我看還是躲開他們吧。」

「但是……要躲到哪裡……」

桐人疑惑地看著四周圍。這條漫長的單行道雖然相當寬敞，但根本沒有其他可以藏身的分歧道路。

「嗯，這就交給我吧。」

莉法臉上出現自信的笑容後抓住桐人手臂，然後把他拉到附近的凹陷處。隱藏自己不好意思的心情後把身體緊貼著桐人，然後抬起左手開始詠唱起咒文來。

隨即有股閃爍著綠色光芒的空氣從腳底下捲起，將兩人的身體給包圍起來。雖然只是視線變成一片淡綠色，但外面的人應該完全看不見他們了才對。莉法抬頭看著身邊的桐人，小聲地說道：

「說話時音量要盡量放低。太大聲的話魔法就會解開了。」

「了解。這魔法還真方便啊。」

桐人瞪大雙眼看著這層風之薄膜。從他口袋裡面鑽出來的結衣，則是一臉複雜的表情細聲說道：

「還有兩分鐘就要進入我們視線了。」

兩個人縮起頭，身體盡可能靠在岩壁上。經過緊張的幾秒鐘之後，忽然間有沙沙的細微腳步聲傳進莉法耳朵裡。感覺聲響裡面還混雜著沉重的金屬聲，當她心裡正覺得奇怪時——

桐人忽然伸長了脖子往不明集團接近的方向看去。

「那是什麼……？」

「什麼？還看不見人影吧？」

「看起來不像玩家……可能是怪物吧？像是小小的紅色蝙蝠……」

「？」

莉法屏住呼吸全神注意著。只見洞窟的黑暗當中——確實有個小小的紅色影子正輕飄飄往這裡飛過來。那個是——

「可惡……」

無意識中罵了一聲後，莉法便從凹陷當中滾到道路中央。隱蔽魔法也因此自動破解，桐人跟著一臉狐疑地站起身來。

「喂、喂，到底是怎麼回事？」

「那是高級魔法的追跡者啊！得把它消滅掉才行！」

她邊叫邊向前舉起雙手並開始詠唱咒文。詠唱完一長串咒語後，從莉法雙手指尖發射出無數帶著翡翠色光亮的飛針。在空氣中發出「嗶——」的聲音後，飛針直接射向紅色影子。

蝙蝠輕飄飄地在空中飛翔，雖然已經巧妙躲過了許多飛針，但最後還是因為飛針數量繁多而被幾根針貫穿。蝙蝠掉落地面後便被紅色火焰包圍而消滅了。莉法確認完後便轉過身子，對著桐人大聲叫道：

「要一路衝到城鎮裡囉，桐人！」

「咦……不能再躲起來嗎？」

「當追跡者被消滅的時候敵人就已經發現我們了。他們到這裡來之後便會放出一大堆搜尋者，我們怎麼樣都躲不掉的。而且……剛才那是火屬性的使魔。也就是說現在往這裡接近的隊伍是……」

「火精靈嗎！」

懂得舉一反三的桐人馬上臉色變得相當凝重。當他們在說話的時候，混雜著喀嚓喀嚓等金屬音的腳步聲也開始變大。莉法再度回頭瞄了一眼，已經可以見到遠方黑暗當中有紅色光亮了。

「快走吧！」

兩人互相點了點頭後便跑了起來。

兩人一邊拚命逃走一邊打開地圖確認路線，發現這條一路通到底的道路馬上就要結束，前方不遠處已經是地底湖了。道路直接連接貫穿湖泊的大橋，渡過橋後就可以衝進礦山都市魯古魯的大門。由於在中立都市裡面無法進行攻擊，所以就算敵人再多也拿他們沒辦法。

但是為什麼會有火精靈的大集團在這裡出現呢……

莉法咬緊自己的下唇。按照一開始就有搜尋者跟著他們來看，就可以知道這群傢伙早就盯上他們了。但是離開司伊魯班後，他們靠著結衣的搜敵能力，應該沒有給敵人任何機會才對。

唯一的可能性就是還在司伊魯班裡面的時候，就已經被施加魔法了。

當然風精靈裡面也不是沒有人會使用火屬性魔法。各種屬性的魔法當然會依種族不同而有適性補正，比如風精靈當然擅長風系魔法，大地精靈則擅長土系。但只要多花點時間，基本上也是能夠學習他種族的魔法。

但是剛才消滅的蝙蝠是兼具追蹤目標與暴露敵人隱藏地點兩種機能的高級法術，除了火精靈以外的種族要使用那種法術可以說幾乎是不可能的事。這麼說來——

「司伊魯班裡面有火精靈混進來了嗎……？」

莉法邊跑邊這麼呢喃道。如果她猜測無誤的話那事情就真的是非同小可了。基本上司伊魯班已經算是願意對其他種族敞開大門的城鎮了，只不過對於敵對關係的火精靈入侵還是有相當嚴密的檢查。強力的ＮＰＣ守衛只要一發現火精靈馬上就會砍倒對方才對。要通過這種嚴密檢查的手段可以說相當少……

「哦，看到湖了。」

聽見跑在右前方的桐人這麼說，莉法的意識也被拉了回來。抬起臉一看，馬上就能發現到崎嶇不平的通道已經變成石板路，道路盡頭更是一片相當寬廣的空間，從那裡已經稍微可以見到一點藍黑色湖水的亮光。

一條石造的橋直線貫穿湖正中央，遠方還可見到直接連結洞窟上方空洞的巨大城門聳立著。那正是礦山都市魯古魯的城門。只要能衝進內部，這場官兵抓強盜的遊戲就是莉法他們勝利了。

稍微放下心之後，莉法再度往後方看去。追兵的紅色燈光還距離他們相當遙遠。這樣的話應該沒問題了——莉法心裡這麼想著，踩著石板路的腳也就更加用力了。

當他們衝到橋上的時候，周圍的溫度稍微有點下降。兩個人衝過帶著水氣的冰冷空氣往前突進。

「看來應該是逃過一劫了。」

「不要大意掉進水裡去囉。聽說裡面有大型怪物呢。」

和桐人短暫交談之後，兩人來到設置在橋中央的圓形展望台，就在這個瞬間……

背後有兩道光點快速劃過上方的黑暗超越了他們。依照那種特殊的光芒以及效果音來判斷，一定是魔法的起動彈。應該是追上來的火精靈集團為了洩憤所施放出來的吧，可以說完全沒有準頭。

只要避開著彈處繼續往前跑就可以了，當他們稍微減緩奔跑速度時，光點在十公尺前方左右掉了下來。

莉法早預測到會有一陣爆發而將右手臂擋在臉前面，但是接下來的現象卻出乎她意料之外。隨著「轟隆！」這種沉重的爆破聲，橋的表面隆起一道巨大岩壁將他們的去路完全擋住了。莉法繃著臉，反射性地罵了一句：

「糟糕……」

「怎……」

桐人雖然一瞬間也瞪大了眼睛，但卻沒有減緩去勢。背上的巨劍隨著厚重金屬音響起同時被拔了出來，接著和桐人一起朝岩壁撞了過去。

「啊……桐人！」

還沒有機會告訴他那是沒用的，桐人手中巨劍就已經全力朝岩石砍了下去。他立刻就隨著「喀鏘！」的撞擊聲跌坐到地面上。但褐色的岩石表面卻沒有絲毫損傷。

「沒用的……」

莉法展開翅膀緊急煞車，在桐人身邊停下來之後，再度這麼說道。守衛精靈的少年以一臉埋怨的表情站了起來。

「怎麼不早點說呢……」

「那是你自己太急了。這是土魔法障壁，所以光靠物理攻擊是沒辦法破壞的。如果狂轟魔法攻擊的話就還有可能……」

「不過好像沒那種時間了……」

兩人同時往背後一望，只見閃爍著血色光芒的鎧甲集團已經走到橋頭。

「沒辦法用飛行繞過去嗎……那跳進湖裡這個選擇呢？」

莉法對桐人的提案搖了搖頭。

「不可能。剛才不是說過了，似乎有等級超高的水龍型怪物棲息在裡面。沒有水精靈的援護就在水裡作戰可以說等同於自殺行為。」

「那就只有戰鬥了！」

面對用巨劍擺出戰鬥姿勢的桐人，莉法也只能點點頭然後咬緊嘴唇。

「也只有這樣了……不過，可能有點不妙……火精靈竟然可以使用如此高等的土魔法，表示隊伍裡面一定有等級相當高的魔法師……」

由於橋的幅度不大，總算可以避免被多數敵人單方面包圍然後殲滅的最糟狀況。但他們除了得面對十二對二這種壓倒性不利的戰力差距之外，這座迷宮裡面還不能飛行。根本沒辦法把戰鬥帶進莉法拿手的空中亂鬥裡。

戰鬥的勝負完全取決於敵人各自擁有多少戰鬥力上面了。

——但看來情況似乎是不太樂觀哪……

站在桐人身邊的莉法內心如此嚅囁著，跟著也拔出長刀來。發出重金屬聲響逐漸往這裡接近的集團已經到了肉眼可見的範圍。站在最前頭的三名火精靈巨漢排成橫列，身上穿著比前一天戰鬥時那些人還要更厚的鎧甲，左手拿著鎚矛等武器，右手則拿著巨大金屬盾牌。

看見他們的裝備後，莉法瞬間覺得相當疑惑。ＡＬＯ內部的慣用手是與現實世界裡相同，左撇子的玩家應該不是那麼多才對。

但是在把心中的疑問說出口前，站在旁邊的桐人便瞄了莉法一眼然後說：

「我不是不相信妳的能力……但這裡可不可以請妳擔任輔助的角色就好呢？」

「咦？」

「希望妳在後面擔任幫我回復的任務。這麼一來我也可以盡全力來戰鬥……」

莉法再度看了一下桐人手上的兩面刃大劍。在這座窄橋上要揮舞這把武器，然後還得小心不傷到自己同伴，確實是相當困難的一件事。雖然擔任補血角色不符合自己的個性，但莉法還是點了點頭，輕踢了一下地面之後便退到阻斷橋面的岩石前。其實也根本沒有時間讓他們討論了。

桐人轉過身子並且蹲低，把巨劍盡可能往後拉。三名火精靈帶著像海嘯般的沉重壓力往他們逼近。這時桐人不能算是魁梧的身材已經扭轉到幾乎快發出聲音來的地步了。而眼睛似乎可以見到積蓄在他身上的能量散發出來的模樣。兩者間距離來到可攻擊範圍時——

「——嘿！」

電光一閃，桐人左腳用力往前踏出一步之後，包裹在藍色攻擊效果光當中的巨劍便朝著深紅重戰士橫掃而去。斬斷空氣的劍聲、晃動大橋的衝擊，這無疑是莉法所見過帶有最大威力的斬擊。但是……

「咦……？」

莉法只能瞪大眼睛半晌說不出話來。三名火精靈完全不揮動武器，只是緊靠在一起推出右手上的盾牌，然後把身體縮在盾牌底下。

「喀鏘！」的巨大聲響過後，桐人的劍橫砍在並排在一起的塔盾上。空氣因而產生劇烈震動，甚至連湖面都揚起了超大波紋。但是重戰士們只是稍微向後退了一點，還是挺住了桐人的攻擊。

莉法急忙確認了一下火精靈們的ＨＰ條。三個人都減少了一成以上。但是接下來的瞬間，重戰士後方馬上響起詠唱咒文的聲音，三名前衛的身體立刻被藍色光芒所包圍。藉由回復咒文的重唱，ＨＰ條瞬間便完全恢復了。緊接著——

從類似鋼鐵城牆的大型盾牌後面不斷有橘色火球被發射出來，在快碰到大洞窟頂端的地方劃出無數弧線後直往下掉，最後在桐人站立的地方產生爆炸。

數起足以將湖面整個染紅的大爆炸之後，小小黑衣劍士的身影便被火海給吞沒了。

「桐人！」

莉法不由得發出近似悲鳴的叫聲。桐人的ＨＰ條急速減少，一瞬間便進入了黃色警戒區域。在ＡＬＯ這個ＨＰ條上限其實不怎麼會增加的完全技術制遊戲裡，受到剛才對方所進行的那種精密多重魔法攻擊，沒有在第一擊時馬上死亡就已經算是一種奇蹟了。莉法在感到一陣顫慄的同時也理解到敵人的企圖。

這個敵人集團很明顯地已經知道桐人以及他那驚人的物理攻擊力量，而這就是他們擬定出來的對抗方法。

重武裝的三名前衛完全不參與攻擊，只是一味地用厚重盾牌防守。就算桐人的劍威力再怎麼高，只要不直接被擊中身體就不會受到致命的傷害。而其他九個人應該全部都是魔法師。一部份人擔任前衛的補血工作，其他人則用曲線彈道的火焰魔法進行攻擊。這是在攻略擅長物理攻擊的魔王時會採取的陣型。

但這又是為什麼呢？竟然要動員這麼多人來狙殺桐人和莉法。

不過目前也沒時間深入考慮這個問題，莉法馬上開始詠唱起回復魔法。她對著好不容易從逐漸消散的火焰當中出現身影的桐人，施加了最高級的回復魔法。桐人的ＨＰ條馬上開始填充，但很明顯這只能讓他多支撐一會兒而已。

桐人似乎也已經察覺到敵人的戰鬥方式了。他知道持久戰將對自己不利，於是大劍重新擺好姿勢後又全力朝重戰士的行列攻去。

「嗚哦哦！」

閃爍黑色光芒的刀刃與盾牌發生劇烈衝撞，飛濺出炫目的火花。

但是——這時戰鬥早已經簡化成單純的數值問題了。

桐人揮劍所造成的傷害，馬上就被後面專門補血的幾個魔法師給彌補過去。之後剩下來的魔法師便詠唱攻擊魔法發出火焰，將桐人捲進爆炸的漩渦當中。

完全沒有個人技巧介入的餘地，這是莉法最厭惡的戰鬥形式。決定勝負趨勢的重點就只是放在魔法師集團的ＭＰ或是桐人的ＨＰ先消耗完上面了。而結果早已相當明顯。

桐人已經不知道是第幾次被包圍在火球雨當中。不斷炸裂的橘色光線將桐人的身體吞噬、炸飛，並且轟落在地面。

ＡＬＯ怎麼說也是個遊戲，所以「痛楚」的感覺並沒有被呈現出來，但是受到爆裂系魔法直接攻擊可以說是最讓人感到不舒服的感覺回饋之一。除了爆炸聲將殘留在腦袋裡不說，肌膚還會感到一陣灼熱，衝擊也會讓平衡感覺失控。其影響有時甚至會波及現實世界裡的肉體，清醒之後仍有可能感到數小時的頭痛與暈眩。

「嗚……哦哦哦……」

但是桐人不管被火焰吞噬多少次都還是站起身來，不斷地揮劍。莉法雖然不停浪費ＭＰ詠唱著回復魔法，但桐人的模樣已經讓她快看不下去了。雖說落敗確實很令人感到懊悔，但既然在系統裡面戰鬥，就一定會遇見這種無力回天的數值性戰力差異。但是，他為什麼會這麼執著呢——

莉法實在沒辦法再這樣看著桐人被攻擊下去，於是她向前跑了幾步對著桐人的後背說道：

「夠了啦，桐人！我們再從司伊魯班飛幾個小時就可以到這裡來了！被奪走的道具再重買一次就可以了，我們放棄吧……！」

但是桐人只是稍微回過頭來，壓低著聲音這麼說道：

「我不要！」

他的眼睛因為映照出讓周圍變成焦土的火焰而變成紅色。

「只要我還活著，就絕對不允許自己隊伍的成員被人殺害。我絕不能接受這種事發生！」

莉法只能啞口無言地呆立在當場。

當玩家陷入完全束手無策的狀況時，會因人而異出現各種不同的類型。有迎接「那個瞬間」時會露出不好意思笑容的人，也有緊閉眼睛縮起身體忍耐著的人，更有到死前都胡亂揮劍的人。只不過表現雖然各有不同，但每個人對於這種模擬「死亡」的經驗都已經感到相當習慣了。這是進行VRMMORPG這種類型的遊戲時絕對會遇上的體驗，所以每個人也都做出了心理準備。如果不這麼做的話，這款「遊戲」也就沒辦法「玩」了。

但是──浮現在桐人眼睛裡的亮光，是莉法至今為止從未見過的東西。其中帶有對抗這系統上已經無法翻盤的狀況，努力要找出生存方法的堅定意志。一瞬間，就連莉法也忘記這是在遊戲的假想世界裡頭了。

「嗚哦啊啊啊啊啊啊！」

挺立於現場的桐人發出怒吼，空氣也整個為之震動。他看準敵人火力中斷的一瞬間，對著聳立在眼前的盾牌做出只能說是有勇無謀的突進。劍交右手之後，空下來的左手攀上了盾牌邊緣，準備用力量硬將它們分開。面對這種超出常理的行動，火精靈的隊伍開始產生混亂。桐人立刻將大劍插進稍微爭取到的一點縫隙當中。

這種面對重裝甲戰士的鐵壁防禦，竟然不使用魔法而親自衝上前去的戰法，連老玩家莉法也從來沒有見過。說起來那根本不是攻擊的動作，所以一定沒辦法給於對方任何傷害才對。但是，看見桐人這種狂亂的行動之後，盾牌內側再度揚起了困惑的叫聲。

「可惡，這傢伙在搞什麼……！」

這時候，莉法耳邊出現了一道細微的聲音。

「現在是唯一的機會了！」

一看之下，才發現小妖精結衣不知道在什麼時候已經抓住她的肩膀。

「機會……？」

「不確定要素就只有敵人玩家的心理狀態而已。請把剩下來的ＭＰ全部用上，想辦法擋住下一波的魔法攻擊！」

「但、但是，就算這麼做也……」

莉法把「無濟於事」這句話給吞了回去。應該單純只是ＡＩ的結衣眼睛裡也帶著相當認真的感情，看起來就跟桐人一樣具有堅定的意志力。

莉法點了點頭之後，朝天空舉起雙手。敵人魔法師集團早已經開始詠唱火球咒文，但是詠唱速度因為要配合發射時機而顯得有些緩慢。這時莉法展開她所擅長的高速詠唱，不斷念著要使用的咒文。雖說只要有一個音節出錯就沒辦法發動魔法，但她還是冒險將詠唱的速度提昇到極限。

莉法終於比對方稍快一點完成詠唱的動作。從她高舉的雙手裡飛出無數小蝴蝶來包圍住桐人的身體。

緊接著，敵人的詠唱也結束了。火球群就像轟炸機投彈般帶著尖銳聲音劃過天際。靠在盾牌牆壁上的桐人不斷被捲進火焰花朵當中——

「呼！」

莉法高舉著的雙手因為感受到爆炸風壓而讓她咬緊牙根。包圍桐人的魔法障壁只要中和一次爆裂魔法，莉法的ＭＰ就不斷減少。雖然已經喝過ＭＰ回復藥水，但恢復速度根本就趕不上消耗量。光是擋住這一波轟炸又有什麼用呢——當莉法這麼想時……

莉法肩膀上的結衣忽然用尖銳的聲音叫了起來。

「爸爸，就是現在！」

莉法嚇了一跳後馬上凝神仔細看著。只見桐人高舉著劍直挺挺地站在紅色火焰當中。稍微可以聽見他正在詠唱咒文。莉法將咒文片段與自己記憶中的索引互相對照。

……記得這是……幻屬性的咒文？

莉法瞬間停止呼吸——然後又咬緊牙關。現在桐人詠唱的是能讓玩家外表改變成怪物的幻影魔法。但這在實戰裡根本沒有任何用處。因為雖說詠唱完畢之後將會依照玩家的攻擊技能值來亂數決定變化的型態，但大多都是沒用的雜魚怪物。而且大家都知道實際的能力值就算變化成怪物也不會有多大改變，所以根本不會有人感到害怕。

莉法的ＭＰ以極快速度減少著，最後終於只剩下一成左右。看來依照結衣指示來進行孤注一擲的決定是失敗了。

但這也是沒辦法的事——在這種類型的遊戲裡面，知識也就代表了大半部分的「強度」。才剛開始遊戲沒幾天的桐人，實在很難要求他熟記數量如此繁多的咒文裡，每個咒文所代表的實際效用。

莉法心中一邊這麼想著，雙手一邊用上最後的力量。敵人的最後一波火球攻擊降下與防護罩消失幾乎是在同一時間發生。此時一股更大的火焰漩渦產生，接著又慢慢回歸平靜——

「咦……？」

火焰牆當中，忽然有個黑影晃動了起來。一瞬間莉法還以為是自己看錯了。因為那影子實在太過於巨大了。

跟身材魁梧的火精靈前衛相比，黑影少說高出了兩倍之多。凝神注視的話，可以看到一個彎腰屈膝的巨人身影。

「那是……桐人嗎……？」

她只能呆呆地呢喃著。但眼前也只有這個可能性了。那應該是桐人藉著幻影咒文所變化而成的模樣——只不過實在太巨大了。

那道黑影緩緩在呆立當場的莉法眼前抬起了頭。出現的並不是巨人。因為他頭上有著宛如山羊一般往後頭部彎曲的粗角。銅鈴巨眼閃爍著紅色光芒，露出牙齒的血盆大口裡吐出火焰般氣息。

有著漆黑肌膚的上半身全部都是隆起的肌肉，粗壯的臂膀長度幾乎快到達地面了。此外腰部還延伸出一條像鞭子一樣的尾巴。這種恐怖的姿態，除了「惡魔」之外，應該沒有別的形容詞了。

火精靈們像是凍結般完全無法動彈。就在所有人都已經嚇得魂飛魄散的視線注視當中，黑色惡魔緩緩對著天空發出怒吼——

「吼哇啊啊啊啊啊！」

雷鳴般的吼叫在耳邊響起。這次整個假想世界真的開始震動了起來。讓人從內心深處湧起一股原始的恐懼感。

「咿！咿！」

一名火精靈前衛發出悲鳴向後退了幾步。惡魔抓準了這個瞬間，以非常驚人的速度動了起來。長著鉤爪的右手輕鬆伸進盾牌行列敞開的縫隙裡，指尖馬上貫穿重武裝戰士的身體——才剛見到這種情況，下一個瞬間紅色死亡火焰便冒了出來，火精靈的身影像是被刪除般消失了。

「嗚哇啊啊啊？」

看見自己的同伴僅受一擊便因此而喪命，剩下來兩個前衛異口同聲發出恐慌的叫聲。他們放下盾牌，邊揮著手中的武器邊慢慢向後退。

後方魔法師集團裡，有個應該是隊長的聲音發出了怒罵聲。

「笨蛋，別亂了陣型！那傢伙只是外表和攻擊範圍改變了而已，只要躲在盾牌後面就不會受傷！」

但是戰士們已經聽不見他的聲音了。漆黑惡魔一邊發出震耳的吼聲一邊往他們衝過去後，先是用下顎將右邊的戰士從頭到腳吞下去，接著再用左手鉤爪撈起左邊的戰士。遭受劇烈晃動且被丟到地面上的玩家，連續發出「喀、喀！」的紅色死亡光芒，接著便像是鮮血般飛散在空中。

不到十秒鐘的時間，三名前衛便慘遭消滅。這時隊長似乎已經恢復冷靜開始發出指示，魔法師集團也緊跟著詠唱了起來。但是沒有任何鎧甲，只是穿著紅色長袍的純魔法師集團，防禦

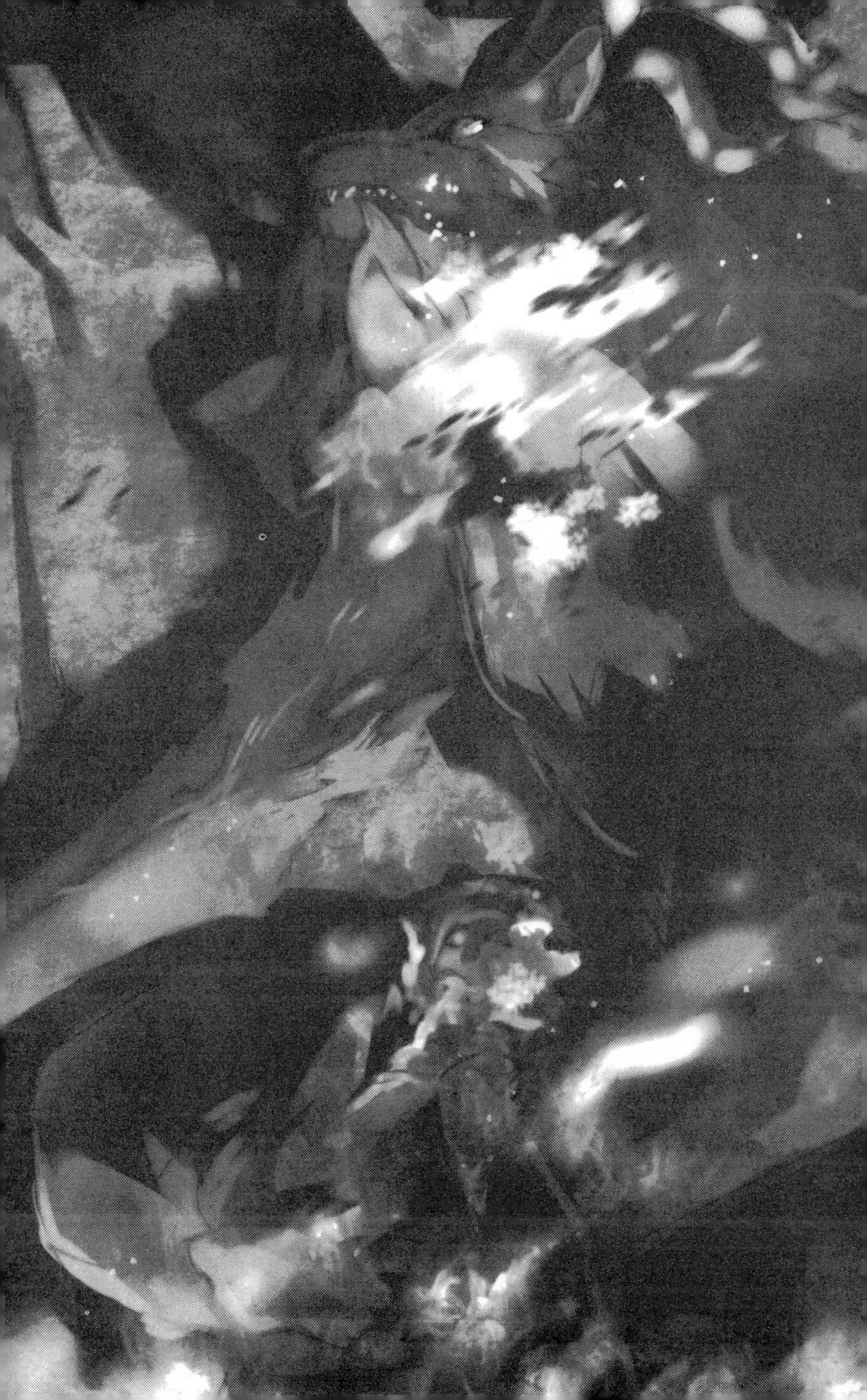

力與前衛比起來就更加脆弱了——當他們看見屹立不動的惡魔嘴裡不斷呼呼吐氣，馬上引起了比幻惑魔法效果更大的恐懼心。詠唱速度與之前比起來明顯變慢了許多。

在他們即將詠唱結束時，惡魔朝著魔法師部隊高舉起右手，接著往隊伍橫掃過去。前面兩個人像是紙片般被打飛，在空中直接灑下紅色火焰後消失了。整個空間充滿了悲鳴以及打破玻璃般「框啷！」的效果音。惡魔絲毫不停頓，直接揮動宛如巨木的左手，兩名火精靈再度飛散消逝。

身穿高級魔道士裝備，前幾分鐘還待在隊伍中央的那名魔法師，現在他那讓人一看就覺得相當適合擔任魔法職務的細長臉孔開始有點抽搐。嘴裡詠唱的咒文似乎出現錯誤，包在兩手當中的效果光「咻！」一聲便冒出黑煙消失了。

桐人變化而成的惡魔隨著巨大震動跨出了一步，再度發出轟雷般的怒吼聲。應該是隊長的男人「咿！」一聲發出像是哽咽般的悲鳴，右手開始不停揮動著。

「撤、撤退！撤退——」

但是在他話還未說完時——

惡魔瞬間縮起身體然後高高跳了起來。著陸之後讓橋整個產生震動的惡魔，正好就跳進集團的正中央。接下來的情況則已經不能稱之為戰鬥了。

每當惡魔的鉤爪揮動，軌道上就會出現死亡火焰飛散。裡面雖然有不怕死的傢伙拿起法杖準備進行近身戰，但根本沒有時間揮動武器就被巨牙從頭咬下而命喪黃泉。

在暴風圈裡靈活逃竄的隊長，發現大勢已去之後便從橋上縱身跳進湖裡。在湖面上濺起一根水柱之後，馬上就用極快的速度朝岸邊奮力游去。

ALO裡面就算落水，只要裝備重量在一定數值以下就不會沉沒。所幸魔法師的裝備相當輕便，所以他一下子便遊到距離橋面有一段距離——但突然間，從這個人下方慢慢出現了巨大黑影。

接著隊長在留下「啪嚓」的水聲後便被拖進水裡面去了。在湖面上留下許多泡沫的黑影朝著湖底游去，在消失之前還可以看見紅色的亮光閃爍著。

桐人變成的惡魔對敵人隊長的末路完全沒有興趣，朝著最後一個可憐魔法師高舉雙手。看他抓起那個哭叫不停的對方身體，似乎是打算將對方從中扯開而開始施力——

因為眼前過於暴力的場景而整個人呆住的莉法，直到這個時候才終於回過神來。她趕緊大聲叫道：

「啊，桐人！留那傢伙一命！」

當坐在肩膀上的結衣還悠閒地發出「太厲害了～」的感想時，莉法就開始跑了過來。惡魔停下動作回頭一看，然後一邊發出不滿的聲響一邊在空中放下火精靈的身體。

男人「咚」一聲掉落在橋面上後，呈現恍惚狀態的他只能不停地開合著嘴巴。莉法站到他面前，將右手上的長刀插在他兩腿之間。刀尖隨著金屬聲刺進石板裡，男人的身體也跟著震動了一下。

「好了，快說你們究竟是受到誰的指使！」

雖然莉法認為自己的聲音已經相當嚴厲了，但男人卻反而像是從震驚當中清醒過來的樣子，他白著一張臉搖頭回答道：

「要、要殺就殺，我不會說的！」

「你這……」

惡魔原本從上方看著莉法的審問，但這時卻開始散發出黑色迷霧，巨大身軀也開始慢慢消失。莉法抬起頭，看見一道人影從逐漸在空中消散的黑霧中央跳出然後著地。

「哎呀，真是大幹了一場。」

桐人說完後一邊動著脖子，一邊用與剛才完全不同的悠閒口氣說著話，接著又把巨劍收到背後。桐人在嚇得張大嘴巴的火精靈身旁蹲下，拍了拍他的肩膀說：

「唷，剛才那場架打得真是精采！」

「啥……？」

面對啞口無言的男人，桐人用爽朗的口吻繼續說：

「哎呀，你們的作戰實在漂亮。如果我只有一個人的話，一定沒兩下就被你們幹掉了

——」

「等、等一下，桐人。」

「沒關係啦。」

莉法發出尖銳的聲音後，桐人便對她眨了眨眼睛。

「有件事想跟你商量一下……」

他揮動右手叫出視窗後，對著男人展示一大串道具。

「這是在剛才戰鬥裡得到的道具和金錢。我本來想說如果你回答我們的問題，就把這些全部送你的呢……」

男人的嘴開合了幾次之後，抬頭看了一下桐人溫和的笑容。接著突然開始不停地看著四周圍——應該是在確認其他死亡火精靈的復活殘餘時間是不是已經結束，是不是已經全部被轉送回儲存地點去了——最後他再度看向桐人然後說：

「……真的嗎？」

「真的真的。」

看了相視一笑的兩人，莉法忍不住嘆了一口氣。

「男生真是……」

「簡單易懂的生物……」

肩膀上的結衣也有所體認似地低聲說道。完全不在乎兩名女性鄙視的眼光，完成交易的兩名男性用力點了點頭。

火精靈一打開話匣子便開始說個不停。

「——今天傍晚呢，吉塔克斯隊長——啊，就是剛才魔法師小隊的隊長啦，他用手機傳簡訊要我上線，我本來因為在吃飯而拒絕了，但他卻又說是什麼強制召集。我一上線之後發現竟然是十幾個人要對付兩個人的作戰，心裡還想著幹嘛這樣欺負人，但聽說是昨天打敗影宗隊長的人後也就覺得可以接受了……」

「那個叫影宗的又是誰？」

「就是長槍隊的隊長啊。他可是狩獵風精靈的名人，但昨天很難得竟然被人打得落荒而逃。那是你做的對吧？」

聽見狩獵風精靈這個詞後莉法雖然繃起了臉，但還是和桐人互相看了一眼。應該是昨天晚上打敗的火精靈部隊的隊長吧。

「……那麼，那個叫吉塔克斯的為什麼要攻擊我們呢？」

「聽說好像是比吉塔克斯隊長還要高層所下的命令。似乎是會阻礙到我們的『作戰』之類的……」

「什麼作戰？」

「火精靈上層似乎有什麼動作唷。當然像我這種低層級的人是沒辦法知道的，不過好像準備要大幹一票呢。我今天登入時，就看到超多人數的軍隊朝北方飛去。」

「北方……」

莉法把手指放在嘴唇上開始沉思了起來。從位於阿爾普海姆最南端的火精靈領地首都「卡坦」往北飛的話，將會碰上莉法他們現在通過當中的環狀山脈。從那裡繞往西方的話就是這座魯古魯迴廊，向東行的話則有一稱為「龍之谷」的分斷處。無論是通過哪一邊，前面都可以通往央都阿魯恩與世界樹。

「……難道是想攻略世界樹嗎？」

聽見莉法的問題之後，男人用力搖了搖頭後回答：

「不可能。全滅那麼多次也該學乖了，我們現在為了讓全部人都有古代武具等級的裝備而正在存錢呢。因此每個人要上繳的稅金額度實在很高……不過直到現在好像都還不到目標值的一半唷。」

「這樣啊……」

「我所知道的大概就是這樣了。你剛才說的應該沒騙我吧——？」

後半段的話是對桐人說的。

「我與人交易絕對是童叟無欺。」

守衛精靈少年一臉自豪地說完後便開始操作交易視窗。火精靈在看見得到的所有道具之後，用很高興的表情不停地動著手指。

莉法有點受不了地如此對男人說道：

「你啊，這原來是你夥伴們的裝備吧？難道都不會覺得不好意思嗎？」

結果男人「嘖嘖嘖」幾聲之後說道：

「這妳就不懂了。就是得到那群傢伙跟我炫燿的稀有道具，爽快度才會加倍啊。當然我也不可能把它們裝備到身上啦。全部拿去賣掉買間房子好了。」

留下「幾天之後等事情沉靜下來再回領地去好了」這句話後，火精靈便循著原路往出口走了回去。

現在想起來，十幾分鐘前進行的死鬥就像是騙人一樣，莉法非常認真地盯著已經回復到之前那種態度的桐人。

「嗯？怎麼了？」

「啊，那個……剛才那隻狂暴的惡魔應該是桐人你沒錯吧？」

問完後，桐人揚起視線並且搔著自己的下顎。

「嗯——應該啦。」

「什麼應該啦……那不是為了讓火精靈被怪物的外表欺騙然後產生混亂的作戰嗎？」

「沒有啦——其實也沒想那麼多……我有時就會像剛才那樣……在戰鬥當中整個發狂，然後就沒有記憶了……」

「嗚哇，真恐怖！」

「不過，剛才的事我還有點印象啦。按照結衣的指示使用魔法，怎麼自己忽然就變得相當巨大。然後劍也不見了，沒辦法只好用手去抓……」

「還用牙齒咬人了唷～」

結衣在莉法肩上愉快地補充說道。

「啊啊，的確有。這種變身成怪物的經驗還真是不錯。」

看著滿面笑容的桐人，莉法心中忽然浮現一個無論如何都想提出的問題，只見她畏畏縮縮地問道：

「那個……火精靈……有什麼味道嗎？」

「……味道與口感就好像有點燒焦的烤肉一樣……」

「哇，夠了。你還是不要說好了！」

她對著桐人拚命搖著手。但手忽然間卻被抓住——

「嘎嗚！」

桐人吼了一聲之後張大了嘴，往莉法的手指咬了下去。

「呀────！」

莉法的悲鳴以及之後「磅碰！」的撞擊聲讓地底湖的水面稍微搖晃了起來。

「嗚嗚，好痛啊～……」

桐人邊摸著被莉法狠狠一巴掌打下去的臉頰，一邊搖搖晃晃地走著。

「剛剛全是爸爸不好！」

「就是說啊。太沒禮貌了！」

莉法與她肩上的結衣這麼說完後，桐人像個挨罵的小孩般提出抗議道：

「剛才現場充滿了戰鬥之後的殺伐氣氛，我那只不過是為了緩和這種氣氛的機智玩笑罷了……」

「下次再這麼做我就把你砍成兩半！」

莉法閉起眼睛氣著別過頭去之後，腳下行走的速度也開始加快。

眼前有一座直達地下空洞頂端的巨大石造大門聳立在他們眼前。那正是礦山都市魯古魯的城門。

由於需要補給以及有許多在意的事情必須進行情報整理，所以他們決定在這座城鎮裡住一個晚上。在剛才那場意想不到的大規模戰鬥上花費了不少時間，真實世界裡的時間已經接近凌晨十二點了。

接下來才是阿爾普海姆真正開始熱鬧的時刻，但是莉法怎麼說也還是個學生，所以再晚也都會在凌晨一點前下線。當她告訴桐人這一點之後，他稍微考慮了一陣子，不過最後還是點頭答應了。

當他們並排走進城門時，由ＮＰＣ組成的樂團代替背景音樂奏起了輕快的音樂，配合著此起彼落的鐵槌敲打聲迎接兩人。

這座城鎮的規模不是太大，但是在中央大道兩旁的岩壁上，有許多販賣武器防具等各種素材以及美酒、料理的商店與工作室。這些堆積起來的建築物緊靠在一起的模樣可以說是相當壯觀。玩家人數也比想像中來得多，還能看見平常很少遇到的音樂精靈與擅長冶鍊的小矮妖等種族組成的隊伍一邊談笑一邊經過他們身邊。

「哇～這就是魯古魯嗎──」

莉法忍不住對著這初次見到的地底都市發出歡呼聲，接著馬上便被附近商店設在店頭的刀劍陳列架給吸引了過去。雖說武器店的店員服務態度不怎麼好，但購物還是能讓人感到興奮不已。

「話說回來──」

當她把銀造長劍拿在手上仔細品評時，背後的桐人用悠閒地口氣這麼說道。

「嗯？」

「在被火精靈襲擊之前，不是有人傳訊息給妳嗎？內容是什麼？」

「啊……」

莉法張大了嘴轉過身來。

「我都給忘了。」

她急忙打開視窗，確認傳過來的訊息。但是就算再度看過雷根傳過來的訊息內容，她還是搞不懂那究竟是什麼意思。可能是連線忽然發生問題而中斷了吧，但接下來也沒有訊息再傳進來了。

當莉法想「那就由我傳訊息來問他」時，朋友名單裡雷根的名字是呈現灰色熄燈狀態。看來他已經下線了。

「什麼嘛，已經睡著了嗎……」

「何不在現實世界裡和他連絡看看？」

桐人的話讓她陷入沉思。

老實說，她不太喜歡把阿爾普海姆的事帶到現實世界裡。也從來不曾加入關於ＡＬＯ的網路社群，與雷根——長田慎一在真實世界裡也幾乎不談關於遊戲的話題。

但是剛才那充滿謎團的訊息確實很令人在意。

「那我稍微登出去確認一下，桐人你等我一會兒。我的身體就拜託你了。結衣——」

她對著肩膀上的結衣加上這麼一句話。

「什麼事？」

「好好監視妳爸爸，別讓他對我做出什麼惡作劇！」

「知道了！」

「我、我說啊！」

對搖著頭表現出「妳想太多了」的桐人微微一笑之後，莉法便在附近的板凳上坐下然後揮動右手。

按下登出鍵後，開始了今天第四次的世界移動。一邊感受著類似暈眩的感覺，一邊讓意識朝向現實世界浮現。

「呼……」

平常不曾有的長時間登入，讓她感覺有些疲累，直葉因此而大大呼了口氣。

她躺在床上，還戴著AmuSphere就往鬧鐘看了一眼。已經快到翠回家的時間了。或許在翠面前露個臉會比較好——

直葉一邊這麼想，一邊用手拿起放在床頭上的手機。與外殼一體化的ＥＬ面板上，表示出她在登錄期間的來電顯示。

「這是怎麼回事？」

一看見面板直葉便瞪大了眼睛。上面顯示共有十二通未接來電，全部是由長田慎一打過來的。如果是家人、警察或者是醫院等附有緊急標籤的電話，就會和AmuSphere產生連動而自動登出。但長田的電話號碼並不在這範圍之內，所以系統根本不會有所反應。不過這種時間，究竟是有什麼事情會這麼重要呢。

正當她啪嚓一聲打開手機準備回撥時，似乎是第十三次的來電剛好打進來，外殼開始閃爍藍色光芒。直葉按下接聽鍵後將電話放在耳邊。

「喂喂，長田同學嗎？到底有什麼事？」

「啊！終於接電話了！真是的──怎麼這麼慢才接嘛，直葉！」

「什麼真是的。還不是因為在遊戲裡遇見了一些狀況。」

「不、不得了了啦！西格魯特那個傢伙，背叛我們……而、而且還不只這樣，他竟然連領主──朔夜也給出賣了！」

「你說出賣是……什麼意思？你把事情從頭說清楚嘛！」

「嗚──快來不及了啦……那個──昨天我們在古森林裡被火精靈襲擊的時候啊，直葉妳不覺得很奇怪嗎？」

長田雖然說事情很緊急，但此時卻已經恢復成一貫慢吞吞的語氣。面對面說話的時候，長田如果敢像剛才那樣親熱地直接稱呼她直葉的話，直葉一定會對他施加物理攻擊並要他改口。不過在電話裡頭沒辦法這麼做，也只好默認了。

只不過那件事竟然只是昨天發生的，這個事實多少讓直葉有些驚訝。感覺上自己和桐人似乎很久之前便相遇了。

「咦——？你說很奇怪……哪裡奇怪了……？」

老實說，由於桐人留下的印象實在太過於強烈，之前那場空中戰的事情已經記不太清楚了。

「一開始有八個火精靈襲擊過來的時候，西格魯特不是自己提出要當誘餌，然後便一個人吸引三個敵人離開了嗎？」

「嗯嗯，你這麼一說我就想起來了。不過他最後也沒能逃過一劫不是嗎？」

「是那樣沒錯。但是現在想一想，妳不覺得那不像西格魯特會做的事嗎？如果是平常的話，隊伍要分開時他一定會認為擔任隊長的自己應該留下來，讓隊伍裡的某個人去當誘餌就可以了。」

「啊——……這倒是真的……」

西格魯特確實是個很優秀的戰鬥指揮官，但說起來也很自私，總是認為自己一定得站在最頂端才行。他確實不是那種會犧牲自己好讓同伴逃走的人。

「但是，那又代表些什麼呢……？」

「我的意思是……」

長田像是咬碎了什麼噁心的東西般接著說道：

「那傢伙暗地裡和火精靈暗通款曲啊。應該從很久以前就開始了。」

「啥？」

這次直葉真的打從心底嚇了一大跳，只見她握緊了手機完全說不出話來。

在種族間不斷進行勢力競爭的ＡＬＯ裡，時常會出現利用不需要的帳號來進行間諜行為的玩家。在以司伊魯班為根據地的風精靈裡面，一定也有幾個其他種族，尤其是火精靈的偽裝角色混在裡面才對。

所以基本上技能等級低加上貢獻度低，平時也不怎麼活躍的玩家，都會被認為有可能是間諜而根本無法接近執政部中樞。連莉法也是最近才獲得允許能進入風之塔後面的領主館裡。

但西格魯特是從ＡＬＯ黎明期便積極參加執政活動，至今為止所舉行的四次領主選舉他全部都有參選，可以說是相當資深的玩家了。因為現在領主擁有超強人氣的關係，所以每次都是屈居第二或第三名，但他即使在選舉當中失利也還是毫不氣餒地自願擔任輔佐工作，現在已經成為中樞裡相當重要的角色。

這樣子的他竟然會是火精靈的間諜，這實在太讓人難以相信了。

「我說你啊……這件事你有證據嗎？」

直葉不由得壓低聲音質問起長田來。

「我心裡一直覺得有古怪，所以從今天早上就一直使用『虛體』來跟著西格魯特。」

「你真的很閒耶……」

所謂「虛體」便是雷根最拿手的透明化法術。如果沒有完全習得高級的隱藏魔法與隱密行動技能的話就沒辦法使用這個法術。

雷根這個名字原來的英文拼音就是寫成「Recon」，其實在美國軍隊用語裡面指的就是偵查部隊——不過正確的發音似乎是利根才對——他在角色創造時就加強了能在狩獵時進行事先偵查的能力，所以跟蹤可以說是他最為擅長的事了。他有一次曾經濫用這種能力侵入莉法休息的旅館房間裡面，事後雖然解釋是為了偷偷把送給莉法的生日禮物放在房間裡，但莉法還是把他揍了個半死。

長田無視直葉揶揄的聲音繼續說道：

「那傢伙在風之塔那邊對莉法講出那種無禮的話，我因為太過於生氣而準備用毒暗殺他，跟在他身邊就是為了找尋機會。結果呢——」

「嗚哇，你這傢伙真是恐怖。」

「那傢伙在小巷子裡就披上透明斗篷消失了，我就覺得當中一定有古怪。不過呢，光靠那種道具哪能逃過我的眼睛呢。」

「不用再炫燿了，快點繼續往下說。」

「然後我們就進入下水道，走了大概五分鐘左右吧，在很裡面的地方有兩個奇怪的傢伙正等著他。他們也一樣披著透明斗篷，但脫下斗篷之後可讓我嚇了一大跳，因為對方就是火精靈的人啊！」

「咦咦？但是光靠斗篷是沒辦法騙過守衛的吧？進入城鎮的時候應該就已經被砍死了……難道說……」

「沒錯，妳猜對了。他們配戴著通行徽章。」

所謂「通行徽章」就是一種類似通行證的道具。是經過嚴密審查後才能發給要到領地來通商的其他種族。那是只有執政部的少數人才能發行，而且也不能轉讓的道具，當然西格魯特擁有發行權。

「我當時想說這下可讓我抓到了，豎起耳朵就聽見他在跟火精靈說已經在莉法身上施下搜尋者法術。而且還不只這樣而已。其實今天領主……朔夜大人她為了和貓妖族正式簽訂盟約，在極為機密的情況下到中立區域去了。」

「啊……原來如此，所以領主館才沒有升旗子。」

長田像是要蓋過直葉的呢喃般大喊了起來。

「西格魯特那傢伙……想讓火精靈的龐大部隊襲擊那個簽約儀式的會場啊！」

「什……」

直葉瞬間無法呼吸。雖然當初自己是抱著不能再回去的心情離開，但風精靈領地怎麼說也算是她的故鄉，朔夜也是她相當敬重的領主。胸口不斷湧起的焦躁感讓她對著話筒大聲吼道：

「你、你怎麼不早說嘛！那不是糟糕了嗎！」

「所以我不是一開始就說大事不好了嗎——」

長田用狼狽的聲音提出抗議，但直葉則繼續對他叫道：

「那你已經通知朔夜了嗎？距離儀式開始應該還有段時間吧？」

「我也覺得不妙而準備從地下離開時，不小心就踢中一顆小石頭……」

「笨手笨腳的！你這大笨蛋！」

「……總覺得挨直葉罵的感覺愈來愈舒服了……」

「你這大變態！然後呢？聯絡上了嗎？」

「結果被火精靈的追跡者找到藏身點，本來打算被殺掉接著在塔裡復活，然後馬上衝去領主館就可以了。但他們卻發射連中毒箭，實在太過分了。」

雖然這與他自己剛才說過的話相牴觸，但也實在沒時間吐槽他了。

「那……雷根呢……？」

「在下水道裡陷入麻痺狀態然後被火精靈抓住了……所以我在沒辦法的情況下才登出遊戲一直打電話給直葉，但妳卻一直沒有接。我在真實世界裡也沒有其他人可以聯絡了……啊，那個，他們說和貓妖族領主的會談是從一點開始……嗚哇，還剩下四十分鐘而已！怎、怎麼辦啊直葉？」

直葉深深吸了口氣之後，迅速這麼說道：

「你知道會議地點嗎？」

「詳細座標我不是很清楚……不過似乎是在山脈內側的『蝴蝶谷』附近唷。」

「我知道了。我想辦法去警告他們……事不宜遲，我要掛電話了。」

「啊，直葉！」

當她的指尖往停止通話鍵伸去時，話筒裡又流出長田緊張的聲音。

「又有什麼事？」

「那個──那個叫桐人的傢伙和直葉是什麼關係？」

噗滋。

直葉完全不理會長田就直接掛斷電話，再度把手機放在床頭上後，將頭埋進枕頭裡閉起眼睛，嘴裡說出現實世界裡唯一有效的咒文，讓意識切換至那個充滿陰謀的異世界。

莉法用力睜開雙眼，同時迅速站了起來。

「嗚哇，嚇死人了！」

眼前的黑衣守衛精靈，手上拿著在路邊攤買來的奇怪食物——看起來像是把數隻爬蟲類串起來烤的東西——差點就要掉下去，他趕快重新把它抓好。

「歡迎回來，莉法。」

「歡迎回來～」

面對各自這麼說道的桐人以及結衣，莉法連聲說我回來了的時間都沒有，開口的第一句話就說：

「桐人——很抱歉……」

「咦、咦咦？」

「我有急事一定得去辦才行。也沒時間跟你說明。或許也不能回到這裡來了。」

「…………」

桐人瞬間直盯著莉法的眼睛，立刻點了點頭回答：

「這樣啊。那我們一邊移動妳一邊跟我說吧。」

「咦……？」

「反正無論如何都得步行離開這裡對吧？」

「……那好吧。我們邊跑邊說。」

莉法從魯古魯的中央大道上朝著阿魯恩方向的側門跑去。

他們穿越人群，離開切割巨岩所製成的大門後，再度見到那條貫穿地底湖的大橋。莉法長靴底部的鐵片因為她的全力衝刺而喀喀作響，但她還是努力對桐人說明事情經過。幸好這個世界裡就算跑得再怎麼急也不會喘不過氣來。

「原來如此——」

莉法的說明一結束，桐人便像在思考什麼事情似地將視線移回前方。

「我可以問幾個問題嗎？」

「請。」

「襲擊風精靈和貓妖的領主，對火精靈來說有什麼好處呢？」

「這個嘛——首先可以阻止同盟。如果是風精靈這邊洩漏消息而讓領主被殺死的話，貓妖族一定不會善罷甘休吧。搞不好還會發展成風精靈與貓妖之間的戰爭呢……火精靈是目前最大的勢力，但風精靈和貓妖聯合起來的話，勢力均衡應該就會逆轉過來了吧。所以他們一定想阻止這場結盟。」

兩人渡過大橋後開始進入洞窟。莉法把地圖叫到眼前，一邊確認道路一邊不停地跑著。

「還有殺死領主可以得到非常高額的獎賞。殺掉領主之後，就可以無條件獲得對方儲存在領主館裡的三成資金，此外十天以內該領地也會陷入被佔領狀態，佔領者可以自由徵取稅金。這也是一筆相當龐大的金額。火精靈之所以會成為最大勢力，也是因為以前曾設下陷阱殺害過風精靈最早的一任領主。一般來說領主是不會到中立區域去的。ALO史上，領主被殺也就只有那麼一次而已。」

「原來是這樣……」

「所以囉……桐人……」

莉法往旁邊少年的側臉看了一眼之後，繼續這麼說道：

「這是風精靈族的問題……你沒有必要再跟我一起行動……離開這個洞窟之後馬上就可以到阿魯恩了，到會場去的話應該沒辦法活著回來，再從司伊魯班出發的話又得多花上好幾個小時。不——應該說……」

莉法一邊感受胸中的苦悶感，一邊接下去說道：

「要達成你想到世界樹上面的願望，最快的方法或許是幫助火精靈也說不定呢。火精靈只要這次作戰成功的話，一定可以獲得充分的資金，就能以最完備的狀況來攻略世界樹了。如果是守衛精靈的話，他們說不定會雇用你當傭兵。現在——如果你要在這裡把我殺掉，那也是很明智的選擇。」

莉法心裡想著——那時候我將不會抵抗。雖然平時自己絕對不會出現這樣的想法，但是她能夠確定就算自己與他戰鬥也絕對無法獲勝，而且不知道為什麼，自己就是不想和這個昨天才剛認識的少年交手。

如果真的變成那樣的話……我可能就不會再玩ＡＬＯ了吧……

莉法抱持這種想法又看了桐人一眼，但他還依然面色不改，一邊繼續跑著一邊吐出這麼一句話來。

「反正只是遊戲而已。能殺就盡量殺，能搶就盡量搶……」

停頓了一下之後，他又繼續說：

「——我到遇過許多說這種話的傢伙。其實他們說得也沒有錯，因為我自己以前也是這麼認為。但我後來了解到不是這麼回事。就算是在假想世界裡，就算看起來再怎麼愚蠢，也還是有非得遵守不可的原則。我從很重要的人身上——學會了這件事……」

接下來的瞬間，桐人的聲音變得相當溫柔，還帶著一種溫暖的氣息。

「在ＶＲＭＭＯ這類型的遊戲裡面，雖然這麼說有點矛盾，但我認為玩家很難把操縱的角色與自己完全分離開來。如果在這個世界裡面只是一味地滿足自身的慾望，那麼現實世界裡的人格一定也得付出相當程度的代價。玩家和自己的角色是一體的。我——很喜歡莉法妳這個人唷。我想跟妳成為朋友。無論有任何理由，我都不會做出為了自身利益去砍殺像妳這樣的人。絕對不會。」

「桐人……」

突然一股感動充滿胸口而讓莉法難以呼吸，她因此停下腳步。桐人遲了一會兒後也停了下來。

莉法在胸前緊握著雙手，不知怎麼處理自己無法表達的感情洪流，只能一直凝視著少年的黑色眼珠。

對了……原來如此——莉法在心裡如此囁嚅道。

至今為止在這個世界裡，為什麼總是會和其他玩家保持一定距離的理由。那是因為不清楚對方到底是真正的人類，又或者只是遊戲裡的角色而已。聽見對方所說的話之後，就會一直去在意這個人究竟是不是真的這麼想。因為不知道該怎麼和別人相處，所以對別人伸出來的友誼之手也就感到相當沉重，最後老是運用翅膀將別人甩開。

但是其實自己根本沒有必要去在意這些事情。只要相信自己的感覺——這樣就可以了，因為那就是最真實的感覺。

「謝謝……」

莉法將從心底浮現的那句話如實地表達出來。如果要再多說些什麼的話，她可能就要哭出來了。

聽見莉法道謝之後，桐人有些不好意思地笑了起來。

「抱歉，講得自己好像很了不起的樣子。這是我的壞習慣。」

「不會，我覺得很高興。那麼——離開洞窟之後就是我們說再見的時刻了。」

結果桐人竟然出乎意料地揚起眉毛說：

「不，我當然也要跟妳一起去。」

「咦、咦？」

「糟糕——又浪費了不少時間。結衣，要開始衝刺了，拜託妳帶路囉。」

「知道了！」

確認過肩膀上的小妖精點頭之後，桐人再度轉向莉法說道：

「手借給我一下。」

「咦，等等——」

桐人伸出左手緊握住莉法的右手，讓她整個人嚇了一大跳。雖然目前情況緊急，但一想到這或許是他們第一次牽手，莉法的心臟馬上就開始怦通怦通跳了起來——但下一個瞬間，桐人忽然用猛烈的速度向前衝去。宛若衝破空氣障壁般的衝擊聲敲打著莉法的耳膜。

原本以為自己已經用很快的速度在奔跑了，但卻完全比不上目前這種速度。由於速度實在太快，讓岩石外表的質感看起來像以放射狀融化一般。右手被拉住的莉法，身體以幾近水平的狀態浮在空中，每當桐人沿著洞窟急轉彎時她整個人便跟著被甩來甩去。完全沒有任何浪漫的感覺。

「哇啊啊啊？」

莉法忍不住發出尖叫聲並且向前看去，馬上就發現通道稍微變寬一點的地方斷斷續續出現許多黃色箭頭。看來應該是棲息在洞窟裡的半獸人吧。

「等等、等等，有怪物啊……」

雖然這麼大叫，但桐人卻完全沒有減低速度的意思，他直接便往怪物群裡衝去。

「哇啊———」

莉法的悲鳴與怪物們的吼叫聲重疊在一起。但是怪物手裡那類似菜刀的武器卻連一次都沒有擊中過莉法他們。桐人瞬間便找出敵人之間的縫隙，然後以猛烈衝刺離開怪物群。當半獸人們隨著憤怒的聲音轉過頭來開始追逐他們時，他們已經進入下一條通道了。

之後又遭遇了好幾次半獸人和其他怪物，但桐人依然沒有停下腳步，只是不斷地穿越牠們。當然桐人他們背後因此形成了一個非常巨大的怪物集團。牠們就像是土石流般發出驚天動地的聲音追趕著桐人和莉法。其實這就是被稱為「拖怪」的無禮行為，如果半途讓其他隊伍碰上這麼一大群怪物，將會引起非常悽慘的事故。所幸還沒有造成這種悲劇，前方就已經可以看見白色光芒了。

「哦，快到出口了！」

桐人的話傳到耳朵裡後，視線馬上就被一片白光所覆蓋，接著腳下的地面便消失了。

「嗚咿咿咿咿？」

莉法不由得緊閉雙眼，一邊發出慘叫聲一邊手腳不停亂動著，接著又發現包圍身體的巨大聲響一口氣擴散了開來。

當她畏畏縮縮地張開眼睛後，才發現自己已經處身於寬廣的天空當中。看來桐人是完全沒有減緩去勢，直接便從山脈中段打開的出口噴射出來的樣子。腳下灰色的斷崖絕壁不斷往下伸展。兩人隨著慣性劃出拋物線然後直往下墜落。

莉法急忙打開翅膀進入滑翔姿態，這時好不容易才能將堵在胸口的氣息全部吐出去。

「噗哈！」

不停急促呼吸著的莉法這時回過頭去一看，發現逐漸遠去的洞窟出口處已經擠滿了追上來的怪物軍團。她心裡感到一陣驚悚，然後往身邊一樣背向飛行的桐人瞪了一眼。

「——被你嚇得少活好幾年啦！」

「哇哈哈，這樣不是節省了不少時間嗎？」

「……所謂的迷宮呢是要……一邊花精神搜尋敵人，一邊注意不讓怪物串聯起來才對……

你這樣根本就是在玩別種類型的遊戲嘛……」

當莉法嘴裡碎碎念地抱怨著時，心裡的悸動好不容易才平靜下來，她再度看了一下四周圍的環境。

下方就是一片廣大的草原，到處都有湖泊的湛藍水面閃爍著光芒。此外還有一條像要連結所有湖泊般的河流四處蜿蜒，而更遠的地方則是——

「啊……」

莉法不由得屏住呼吸。

雲海的另一端出現了浮在天空的巨大朦朧黑影。那宛若撐天柱子般的粗大樹幹貫穿天地，上面的枝葉簡直就像形成另一個天體般往四處伸展。

「那就是……世界樹嗎……」

身邊的桐人以敬畏的聲音如此呢喃道。

從剛越過山脈的這個地點開始，換算成真實距離之後還有將近二十公里那麼遠的大樹，已經佔據了天空的一角並展現出壓倒性的存在感。完全無法想像站在它根部時將會見到什麼樣的景象。

兩人無言地眺望了一會兒世界樹之後，桐人才回過神來這麼說：

「啊，不能在這裡耗時間了。莉法，領主會議的地點大概在什麼地方？」

「啊，對哦。嗯嗯，雖說整個中央世界是被我們剛才穿越的環狀山脈所包圍，但是在環狀山脈裡其實有著三個大缺口。一個是對著火精靈領地的『龍之谷』，一個是對準水精靈領地的『彩虹之谷』，再來就是連結貓妖領地的『蝴蝶之谷』了……聽說會談是在蝴蝶之谷內側出口處舉行……」

莉法將視線往周圍環繞了一圈後，指著西北方向說：

「我想應該往那個方向飛一陣子就到了。」

「了解。還剩下多少時間？」

「二十分鐘──」

「如果打算襲擊會談的話，火精靈應該會從這邊往那邊移動吧……」

桐人的手指由東南向西北方指去。

「不知道他們是不是已經在我們前面。總之就是要加緊腳步。結衣，搜索範圍內如果有多人數反應的話就通知我。」

「好！」

結衣點了點頭之後，桐人和莉法兩人便振翅加快了速度。

「話說回來，怎麼都沒看見怪物呢？」

桐人一邊飛過雲層一邊這麼問道。

「啊，那是因為這座阿魯恩高原裡沒有練功場類型的怪物。我想應該就是這樣才會特地把會談場所選在這一側吧。」

「原來如此，在談重要事情時忽然有怪物冒出來的確是很掃興……不過，如果現在有怪物冒出來的話就好了。」

「為什麼這麼說？」

桐人露出了惡作劇般的笑容。

「本來想像剛才那樣，拖一大堆怪然後讓牠們碰上火精靈的大部隊……」

「……虧你想得出這種點子。這次火精靈部隊比在洞窟裡襲擊我們的人數還要多，所以如果來得及發出警告的話就是全部人逃進貓妖領地裡，來不及的話就是全部人一起戰死，只有這兩種狀況而已吧。」

「…………」

桐人用一臉沉思的表情摸著自己下巴，就在這個時候──

「啊，有玩家的反應！」

結衣忽然大叫起來。

「前方有個大集團──六十八人，我想這應該就是火精靈的強襲部隊了。然後更遠處有十四個人，推測應為風精靈以及貓妖的會議出席者。距離雙方接觸時間只剩下五十秒。」

結衣話剛說完的同時，遮住他們視線的一大片雲立刻分了開來。上升到極限高度為止的莉法，可以見到一整片寬廣的綠色高原展開在她眼前。

這時高原的角落出現了無數低空飛行的黑影。他們以五個人一組呈楔型陣型，從他們密集飛行的模樣看來，就像是無聲無息接近攻擊目標的戰鬥機群一樣。

再將視線朝集團前方看去。可以見到那裡有一塊小小的圓形台地。那橫擺著的白色長條狀物體應該是長桌吧。左右兩邊各自擺了七張椅子，看來就是簡易的會議場配置。

坐在椅子上的人們可能是專心於會談之中吧，到現在都還沒察覺到迫在眉梢的危機。

「看樣子是來不及了──」

莉法對身邊的桐人低聲說道。

就算現在超越火精靈部隊前去對領主等人發出警告，時間上也來不及讓所有人全身而退。但即使如此，還是必須抱持犧牲自己的決心化身為盾，最少也要努力讓領主逃離才行。

莉法伸出右手，靜靜握了一下桐人的手。

「謝謝你，桐人。到這裡就可以了，你到世界樹去吧……雖然在一起的時間很短，但我真的覺得很快樂。」

當莉法笑著說完這些話，把翅膀疊成銳角準備進入俯衝狀態時，桐人的右手也緊緊回握了一下莉法的手。臉上浮現他時常露出的那種大膽笑容——

「事到如今才逃走可不符合我的個性。」

他把手放開後，將肩膀上的結衣抓起來丟進胸前口袋裡，然後全力震動翅膀開始猛烈加速。臉上被「磅！」這樣的衝擊聲擊中之後莉法瞬間閉上了眼睛，等她再度睜開眼時桐人已經以極為尖銳的角度朝台地俯衝過去了。

「等……等等！你在做什麼啊！」

莉法那帶點感傷的離別台詞在一瞬之間就被拋到九霄雲外，讓她不由得發出了抗議的聲音。然而桐人卻是連頭也不回，只是不斷離她遠去。莉法雖然有點愣住，但還是急忙從後面追了上去。

他們的目的地，也就是風精靈與貓妖等人似乎終於發覺往他們靠近的龐大集團了。他們不斷從椅子上站起身並且拔出閃爍著銀光的武器，但光憑這單薄的武力想與重武裝攻擊隊對抗，實在可以說是螳臂擋車。

在草原上低飛的火精靈先鋒部隊一口氣向上升起，像是瞄準兔子的猛禽般擺出長槍後便在空中靜止不動。後續的部隊也不斷往左右兩邊散開，最後台地已經有一半在他們的包圍之下。殺戮前的寧靜一瞬間包圍了整個世界。

火精靈當中的一個人霎時舉起手來——當他準備把手向下揮去的瞬間……

在對峙的兩個團體中央，台地的角落處忽然有巨大土塵揚起。隔了極短暫的時間後，「咚！」的爆炸聲震撼了整場空氣。原來是化身為漆黑隕石的桐人毫不減緩速度便直接著地了。

現場所有人馬都像被凍結般靜止不動。桐人在逐漸散去的土塵之中慢慢站起身來，接著大剌剌地挺立在現場並且環顧著火精靈軍團。他挺起胸膛，用力吸了口氣之後……

「兩邊都把劍放下！」

「嗚哇！」

莉法一邊俯衝一邊忍不住把頭縮了起來。怎麼能喊出那麼大的聲音啊，剛才的衝擊聲跟這比起來根本就不算什麼。連還在數十公尺上空的莉法都能感受到空氣的震動。圍成半圓形的火精靈部隊簡直就像受到物理性壓力般產生動搖並且稍微往後退。

那響雷般的聲音固然驚人，但真正讓人受不了的是他那不知天高地厚的膽量。莉法根本不知道他打算怎麼做。

莉法感到自己背後正在流著冷汗，但她還是在桐人背後那些應該是風精靈的綠衣集團身邊降落下來。看了一下之後，她馬上就發現那名穿著特殊服裝的人物。

「朔夜。」

叫了對方名字後，那名風精靈一臉茫然地轉過頭來，接著眼睛馬上瞪得比原先更大。

「莉法？妳怎麼會在這裡——？不、不對，說起來這到底是怎麼回事——」

莉法一邊心想這還是自己第一次見到她這麼慌亂的模樣，一邊開口回答：

「一時之間我也沒辦法解釋清楚。簡單來說就是我們的命運全都交在那個人手上了。」

「……我還是完全搞不懂……」

風精靈再度往那個屹立在眼前的黑色背影看去。莉法也知道朔夜現在的心情一定很複雜，所以她再次看了一下朔夜——也就是現任風精靈領主的身影。

她有著以女性風精靈來說算是高挑的身材以及一頭近似黑色的暗綠色光豔長直髮，髮尾非常整齊地剪成一直線。除了肌膚異常雪白之外，還有著細長的眼睛、高挑的鼻子和薄且小的嘴唇，給人一種宛若刀子般俐落的美感。

她身上穿著前疊式和風長大衣。隨手插在腰帶上的，是比莉法所持長刀更長兩吋左右的大太刀。從大衣下擺顯露在外的雪白裸足上，掛著一雙深紅色的高木屐。這種讓人一見便難以忘記的姿態，馬上就可以說明為什麼在領主選舉裡她總是可以獲得將近八成的選票了。

當然獲得這麼多票數也不是光憑她的美貌。由於領主的事務繁忙而沒辦法時常外出狩獵，所以各種能力的數值並不算高，但她在單挑大會裡也是時常打進決勝的用劍名手，公正的性格更是得到許多風精靈的信賴。

莉法再度移動視線，站在朔夜身邊的嬌小女性玩家馬上就映入她的眼簾。

她有著一頭金黃色波浪捲髮，由頭部兩側突出的三角形大耳朵便是她身為貓妖的最佳證明。穿在身上那件類似連身泳裝的戰鬥服大膽暴露出自己的小麥色肌膚。腰部兩邊裝備著突出三根爪子的鉤爪系武器。從戰鬥服臀部伸出的長條花紋尾巴，正反映出主人的緊張而不停地顫動著。

從她側臉可以見到有著長長睫毛的大眼睛、略小但渾圓的鼻子。看起來或許多少有點太小孩子氣，但以ＡＬＯ裡的標準來看，她也是個足以令人驚豔的美少女。雖然是第一次見到本人，但莉法知道她應該就是貓妖的領主亞麗莎·露。她和朔夜一樣，都是靠著壓倒性的人氣維持著自己的長期政權。

莉法緊接著又往並排站著的兩位領主身後瞄了一眼，只見白色長桌左右兩邊各有六名風精靈與貓妖，他們也全是一臉茫然地站在那裡。當然她與所有貓妖成員都是第一次見面，但風精靈代表全部都是執政部裡的重量級玩家。為了慎重起見莉法還是確認了一下，裡面果然沒有西格魯特的身影。

當她重新把視線轉往台地南端的火精靈部隊時，桐人又再次叫了起來。

「我有話要跟指揮官說！」

火精靈長槍隊似乎被他這種目中無人的聲音與態度給嚇到了，他們將隊伍讓出一道縫隙來。這時可以見到一名身材高大的戰士從縫隙裡走了出來。

他火紅的頭髮如同劍山一般往上直立，有著一身淺黑色的肌膚再加上類似猛禽般的銳利臉孔。強壯身軀上配備著一看就知道是超級稀有道具的赤桐色鎧甲，背上還帶著一把不輸給桐人的巨劍。

當他深紅色雙眸往這裡看過來時，莉法感覺自己背部產生一股寒意。明明沒有正面對峙卻能感覺到如此的壓力，莉法還是第一次碰見這樣的對手。

發出「喀嚓」聲後在桐人面前著地的戰士，面無表情地從高處瞪著這名矮小的黑衣少年。不久後他張開嘴巴，隨即一道相當清晰的渾厚聲音響起。

「——守衛精靈到這種地方來做什麼。雖然最後還是會被我們殺掉，但看在你這麼有勇氣的份上，我就聽聽看你要說什麼吧。」

桐人毫不畏懼地大聲回答：

「我的名字是桐人，這次是擔任守衛精靈與水精靈同盟的大使。既然你們打算襲擊這個會場，那麼也就是說希望和我們四個種族全面宣戰囉？」

——嗚哇。

莉法完全說不出話來。他到底在說些什麼啊，想嚇唬人也得挑個能讓人相信的藉口啊。

這次絕對不是錯覺，自己的背部正不停冒出冷汗。她拚命對一臉愕然往這裡看來的朔夜與亞麗莎．露眨眼暗示。

火精靈的指揮官似乎也嚇了一大跳。

「你說水精靈和守衛精靈同盟了……？」

但他的表情馬上又恢復原狀。

「……連一個護衛都沒帶的傢伙還敢說自己是大使嗎？」

「嗯嗯，沒錯。因為我來這裡只是要和風精靈以及貓妖進行貿易上的交涉而已。不過如果會談被人襲擊的話可就另當別論了。我們四個種族將會結合起來共同對抗火精靈。」

短暫的沉默掩蓋了整個世界。不久後──

「獨身一人，身上還沒有什麼優良配備的傢伙所說出來的話我實在沒辦法相信。」

火精靈突然把手繞到背後，接著高聲將巨大兩刃直劍拔出。閃爍著暗紅色光輝的劍身上還可以見到嵌著兩條互相交錯的龍。

「──只要能撐過我的攻擊超過三十秒，我就相信你是大使。」

「你可真是大方啊。」

桐人輕鬆地說完之後，也從背後拔出兩刃巨劍。他手上這把劍則是厚沉的純鐵色，上面沒有任何裝飾。

他震動翅膀向上浮升，來到與火精靈相同高度時便停了下來。一瞬間，壓縮在兩人之間的鬥氣似乎開始激發出白色火花。

……三十秒……

莉法吞了一大口口水。

以桐人的實力來說，這的確是對他很有利的條件。但從那個火精靈指揮官身上的殺氣來判斷，他也不是個簡單的角色。

在緊繃的空氣當中，站在莉法身邊的朔夜低聲說道：

「這下糟了……」

「咦……？」

「我曾經在介紹傳說武具的網站上，看過那個火精靈的雙手劍。那是『魔劍瓦蘭姆』……這麼說來那個男人就是『尤金將軍』了。妳知道嗎？」

「……有、有聽過名字……」

對屏住呼吸的莉法點了點頭後，朔夜繼續說道：

「他是火精靈領主『蒙提法』的弟弟……真實世界裡似乎也是兄弟的樣子。哥哥以智慧見稱，弟弟則是以武力見長，純粹以戰鬥力來看的話據說是尤金居上風。他算是火精靈的最強戰士……也就是說……」

「是所有玩家裡最強的？」

「應該可以這麼說吧……」

「……桐人……」

莉法在胸前緊握住自己的雙手。

在空中對峙的兩名戰士，像在衡量對手實力般互瞪了一段時間。開始西下的陽光被高原上低空飄過的雲層遮住後，現場出現了幾條光柱。其中一條光柱照耀在火精靈的劍上造成了炫目的反射，就在這個瞬間……

尤金沒有任何前兆便開始行動。

他那超高速的突進讓空氣也隨之發出「磅！」的巨大聲響。往右邊重重揮落的大劍在空中劃出一道紅色弧線後朝著瘦小的守衛精靈攻去。

但是桐人藉著他一流的反應能力也做出了回應。他俐落地將劍舉到頭上，張開翅膀準備迎擊。莉法見到他擋下敵人的劍後，原本打算立刻加以反擊——但就在這個時候……

「——？」

對著桐人揮下來的紅劍在快要與黑劍撞上時，刀身忽然變得朦朧，在穿過桐人的劍後又再度實體化。

「喀鏘————！」的爆炸聲撼動整個世界。在桐人胸口中央炸裂的斬擊產生了盛大的爆炸效果，黑衣身影就像被暴風掃落的樹葉般直接被人打落到地面。隨即地面上又傳來一聲巨響，接著揚起塵土。

「剛……剛才是怎麼回事？」

莉法整個人驚訝到說不出話來，這時亞麗莎．露開口回答她的問題。

「魔劍瓦蘭姆有一種名為『虛空轉換』的特殊效果，當敵人想要用劍或盾來抵擋時劍本身便會虛體化！」

「怎、怎麼可能……」

莉法急忙定眼確認了一下桐人的ＨＰ條。但她還來不及對準桐人的箭頭，馬上就有一條黑色人影像箭一般從塵土裡衝了出來。只見人影朝停留在半空中的尤金直衝了過去。

「哦……竟然還活著！」

火精靈自傲地說道。而桐人則向著他說：

「剛才的攻擊是怎麼回事！」

然後馬上用巨劍給予回擊。

「鏘、鏘！」的擊劍聲不斷響起。看來尤金不是個只依靠武器性能的劍士，他手裡的雙手劍確實彈開桐人那連莉法都看不清楚的連續攻擊。

當連擊有了些許空檔時……

瓦蘭姆再度露出獠牙。桐人反射性地準備用自己的劍來抵擋它。但瓦蘭姆的劍身與剛才一樣變得朦朧，接著狠狠擊中桐人的肚子。

「嗚哇啊啊！」

桐人發出像是要把肺部所有空氣吐出來般的聲音，但他這次則是整個人被轟飛到天空上去。他努力展開翅膀來煞車，好不容易才穩住身形。

「……真痛……喂，三十秒不是已經過了嗎！」

尤金對著大喊的桐人露出藐視的笑容。

「抱歉，我還是決定把你幹掉好了。規則改成打到有一方倒下為止。」

「這臭傢伙……我一定要讓你哭著後悔！」

桐人雖然重新擺好巨劍，但很遺憾的是似乎已經分出勝負了。

魔劍瓦蘭姆的附加攻擊沒辦法用劍彈開，只能靠閃躲而已。但在劍士之間的高速近身戰裡，那幾乎是不可能辦到的事情。

朔夜應該也做出與莉法相同的結論了吧，只見她壓低聲音說：

「情況很不樂觀……兩人之間的技術應該在伯仲之間，但武器性能的差異實在太大了。能和一個伺服器只有一把的魔劍互相對抗的，就只有同樣是傳說武器的『斷鋼聖劍』而已，但到現在還沒有辦法得知它的入手方法……」

「…………」

——就算是這樣，但如果是桐人的話……那個明明是新玩家卻不斷用超乎想像的力量來扭轉劣勢的謎之守衛精靈，說不定真能辦到……莉法心裡這麼想著，自然而然就在胸前緊握起雙手。

尤金的翅膀牽引著紅色光帶，不斷對桐人發動攻勢。而桐人只能藉著到處飛行來緊急躲過他的攻擊。

糾纏在一起的兩條飛行軌跡在空中劃出複雜的圖案，有時還會在出現特效光塵後再度分開。將視線對準他們後，可以見到桐人的ＨＰ已經因為受到兩次攻擊而低於五成。桐人的防禦力已經足以讓他撐過之前那種大規模的多重魔法攻擊，但尤金卻輕易就能讓桐人受傷，可見他的攻擊力絕對是非同小可。

這時桐人忽然回過頭來伸出右手。他不知道在什麼時候已經詠唱完咒文，只見從他手上散發出黑色光芒——

隨著「碰、碰碰碰碰碰！」的聲音，兩人之間爆發了幾道黑煙。這應該是幻惑系的廣範圍魔法吧，這些黑煙馬上就開始擴散，接著更覆蓋了整個天空。

黑雲甚至波及在地面上的莉法等人，他們周圍一下子就變得陰暗起來。莉法在愈來愈糟的視線範圍內，拚命睜大眼睛想要找出桐人的身影。

「莉法，這稍微借我一下。」

「哇？」

耳朵旁突然響起呢喃的聲音。同時愛刀也被人從腰間的鞘裡抽了出去。

「是、是桐人嗎？」

她雖然急忙回過頭，但是那裡已經沒有任何人在了。不過，收在鞘裡的長刀確實在不知不覺間已經消失不見。

從濃厚的黑煙中央傳來尤金的吼叫聲。接著可以他聽見詠唱咒文的聲音。

「滋磅！」一聲綻放出紅色帶狀光芒，黑色煙幕也因此而被撕裂。失去效用的煙霧馬上變淡，世界又重新取回光亮。

莉法急忙將視線往藍天上望去。但是——

沒有任何人影。

停留在空中的只有火精靈將軍一個人，無論怎麼找也沒辦法發現守衛精靈瘦小的身影。

「難道那傢伙逃……」

背後一名貓妖茫然說道。但當他話還沒說完時，莉法便用盡全力喊著：

「不可能的！」

這是絕對不可能發生的事。就算在這種任何玩家都會想要逃跑的狀況之下，桐人也絕對不會逃走。

因為對那個名叫桐人的少年來說，ＶＲＭＭＯ不光只是「遊戲」。而是真實的「生活」。

他認為這個世界裡的一切都是另一種真實，在這裡所孕育的所有信賴、羈絆與愛情都是千真萬確的。

所以他不可能會逃走，你們聽——是不是可以聽見聲音了。

那類似高昂笛聲，強而有力的飛翔音已經逐漸靠近。聲音也愈來愈明顯。

「…………！」

終於見到他的模樣時，莉法眼睛裡甚至滲出了淚水。

他在太陽正下方。就在那個在阿爾普海姆裡可以產生最強光亮效果的物體底下。小小的影子貫穿由半空中降下的白光，一直線往下急速降落。

遲了莉法幾秒鐘才注意到聲響的尤金馬上抬頭往上看。但是卻因為強烈的效果光而繃起臉，接著舉起左手擋在眼前。如果是一般玩家的話，這時候就會水平移動來避開太陽光，但這麼做馬上就會被人從上方擊落。

然而尤金不愧是遊戲裡最強的玩家。他先是閉緊剛毅的嘴唇，接著又張開嘴大叫：

「哇啊啊啊啊啊啊！」

尤金隨著足以撼動天地的氣勢，以火精靈最擅長的全力突進朝著太陽衝去。只見他一邊劃出血紅的光線，一邊像火箭般向上飛昇。

而桐人也由正上方衝下來，但在之前他都是以雙手來握住巨劍，這時不知為何只用右手握劍而已。他將左手整個後拉到背後而讓人沒辦法看見。

強烈光芒當中，他的左腕瞬時高高地舉起。

莉法無論如何都不可能錯認這時握在他手中閃耀著銀色光芒的物體。那是前一刻桐人從莉法鞘裡拔出去的長刀。也就是說桐人現在左右手各拿著一把武器。

二刀流——其實這也不是什麼新穎的概念了。但就算有人嘗試這種武術好了，就莉法所知也還沒有任何玩家能把它運用在實戰裡面。因為要以雙手握住的兩把劍來做出熟練的連續攻擊可以說非常困難。

雖然說在現實世界裡的劍道比賽裡，手拿長短兩根竹劍也不算是違反規則。但是在國中或高中的公式戰裡都禁止這種行為，連在大學以上的比賽裡都很少出現二刀流的選手。那是因為要善用兩把劍來獲得有效的打突實在是相當困難。而在這個假想世界裡，二刀流也面臨同樣的問題。

或許認為桐人裝備兩把武器只是最後的掙扎吧，尤金臉上露出了不屑的笑容。

但是莉法還是睜大充滿淚水的眼睛，只是全心全意相信桐人將會贏得勝利。

火精靈的魔劍發出沉重的風聲後往上突刺。在兩者相交的軌道上，守衛精靈左手的刀刃也向下斬落。

黑劍「呼」地一聲產生了震動。魔劍藉著「虛空轉換」效果穿透抵擋的刀刃直接便往桐人脖子刺去——

但劍尖卻在「鏘！」的尖銳金屬聲後被一把彈開。桐人在刻不容緩之際，運用右手的巨劍砍上來擋住了攻擊。格擋時間可以說拿捏得分毫不差。

對著露出驚愕氣息的尤金，桐人發出宛若雷鳴般的怒吼聲。

「哦……哦哦哦哦啊啊啊啊————！」

接著他雙手上的劍就以讓人看不清楚的速度不斷展開攻擊。

先是左手的長刀毫無窒礙地斬落，緊接著右手上的大劍便完全連接著左手動作往前突刺。然後左右手依序往後拉回，長刀則再度由左下方飛起。大劍刀刃也像是被回到相同軌道的左手刀牽引般發出沉重的一擊。

銀與黑的劍光相互融合，桐人的連續攻擊就像劃過夜空的流星般迅速。莉法實在沒辦法想像究竟得花多少時間來練習，才能像他一樣用那種速度來操縱兩把武器。尤金一邊退後一邊盡量利用轉換攻擊來對抗，但魔劍似乎沒辦法連續穿透武器，所以攻擊不斷被兩段式防禦給彈開。

「姆……哦哦哦哦！」

持續被往地面上壓迫的尤金將軍發出雄渾的怒吼。此時不知道是哪個防具的特殊效果啟動，忽然有薄薄的火焰障壁呈半球狀放射出來，稍微將桐人給推了回去。瞬間，將軍大剌剌地將手上的魔劍高舉過頭——

然後隨著「轟！」這種巨大聲響一起由正面砍下。

相對的桐人則是毫無畏懼地利用突進來縮短距離，接著左手長刀以電光火石般速度揮落。

霎時「鏘～！」一聲尖銳的金屬音響起。炫目火花在空中劃出一道圓弧。

在虛空轉換發動之前魔劍的側面便被彈開，尤金的斬擊僅僅只是擦過桐人左肩而已。緊接著——

「嘿……啊啊啊啊啊啊！」

桐人右手的巨劍隨著驚天氣勢往前筆直突刺。

在發出「咚！」的沉重聲音後，鋼鐵刀刃穿透了火精靈的身軀。

「咕啊！」

桐人神速的突刺與雙方各自向前衝的速度產生相乘效果，造成的傷害值可以說非同小可。尤金的ＨＰ條瞬間便進入黃色警戒區域。

但是桐人沒有因此而停下動作。他將右手的大劍火速拉回來之後，立刻又對著尤金展開攻擊，而左手上的長刀同時也以莉法眼睛無法捕捉的極速使出連續技攻擊。一個呼吸之間便能反覆揮出四次的垂直斬擊，其軌跡先是在空中劃出漂亮的正方形，接著整個打進火精靈的巨大身軀裡。

「…………！」

尤金將軍臉上先是浮現出驚愕表情，接著上半身便由右肩口往左腰部的地方無聲滑動。最後是「啪」一聲，正方形光芒向四方飛散。

緊接著揚起巨大的死亡火焰，尤金這個角色整個開始崩毀。

現場所有人都靜止不動。

無論是風精靈、貓妖或者是超過五十人以上的火精靈攻擊部隊，全部都像失去靈魂般凍結在那裡。

剛才那場精采戰鬥就是有如此吸引人的魅力。

通常在ＡＬＯ裡的戰鬥，如果是接近戰的話就是狼狽地亂揮武器，遠距離的話就是互相亂轟魔法。能夠使用防禦或是迴避等高級技術的只有一小撮熟練的玩家，而且通常只有在單挑大會的倒數幾場決戰時才能夠見到精采的戰鬥。

但是剛才桐人與尤金的戰鬥很明顯比單挑大會還要精采。

行雲流水般的劍舞、撕裂天空的高速空戰，以及尤金那斬天裂地的豪劍與桐人凌駕其上的超高速二刀流——

最先打破沉默的人是朔夜。

「精采，太精采了！」

她用活潑有力的聲音說道，接著高舉雙手鼓起掌來。

「太厲害了！這場戰鬥真是扣人心弦！」

亞麗莎．露說完後，背後的十二個人也加入稱讚的行列。盛大的鼓掌聲之中還夾雜著口哨與喊著「Bravo」的聲音，可以說是吵得不得了。

莉法帶著七上八下的心情觀察著火精靈們的樣子。除了指揮官被人殺死之外敵人還在他們面前大聲歡呼，他們心裡一定相當氣憤吧——莉法心裡這麼想著。

但驚人的是，拍手的浪潮馬上就傳到了火精靈眾人身上。他們也發出如雷的歡聲並將手裡的長槍舉起像旗幟一樣揮動。

「哇……！」

莉法不由得也露出了笑容。

至今為止一直把他們當作是敵人——更是無禮強盜的火精靈，其實也是ALO的玩家。桐人與尤金的單挑也同樣撼動了他們的心靈。

莉法一邊感受著這種不可思議的感動，一邊拚命拍著手。

在歡呼群眾中央，完成不可能任務的桐人依然露出一臉若無其事的笑容。他將巨劍收回背上後便舉起右手。

「哎呀，不敢當不敢當！」

他用誇大的動作向四方行了個禮後，便對著莉法等人的方向大叫道：

「請誰幫忙使用一下復活魔法吧！」

「知道了。」

朔夜點了點頭後便浮到空中。只見她和式便裝的下擺不停地擺動，接著便輕飄飄地浮到尤金的殘存之火旁邊，開始詠唱起咒文來。

不久之後從朔夜雙手裡迸發出藍色光芒來包圍住那團火焰。一個有著相當複雜圖形的立體魔法陣出現，接著陣形中央的殘存之火逐漸變為人形。

最後在發出一陣奪目的閃光後，魔法陣便消失了。桐人、朔夜以及尤金三個人無言地下降到台地邊緣。四周再度被一片寂靜所包圍。

「——的確很有一套。你應該是我見過最厲害的玩家了。」

尤金以沉穩的聲音說道。

「承蒙你看得起。」

桐人短短地回應。

「守衛精靈裡面竟然還有像你這樣的男人……這世界還真是大啊。」

「現在可以相信我說的話了嗎？」

「…………」

尤金瞇起眼睛，瞬間沉默下來。

這時候，包圍台地的火精靈先鋒長槍隊裡走出一名玩家。他在鎧甲發出喀鏘的聲音後站定，然後用左手將尖銳的頭盔面罩往上抬。

有著豪邁臉孔的男人對尤金行了個禮後開口說：

「將軍，請容許我發言。」

「是影宗嗎，有什麼事？」

這名字好像在哪聽過——莉法心裡原本覺得有些奇怪，但一下子就回想起來。那是在地底湖襲擊他們的魔法師部隊唯一活口所提過的名字。這麼說來，他就是昨天和桐人首次相遇時在古森林裡交過手的火精靈部隊隊長。

「我想你已經知道昨天我的小隊被人全滅了。」

沒有想影宗竟然會提起這件事情，莉法硬生生吞了一口口水後豎起耳朵專心聽著。

「嗯嗯。」

「當時我們的對手就是這名守衛精靈——那時候他身邊確實跟著水精靈。」

「……？」

啞口無言的莉法看著影宗的側臉。桐人一瞬間也動了一下眉毛，但馬上又回歸面無表情的模樣。影宗跟著繼續說道：

「而且魔法隊根據S的情報前去追擊的確實也是這個男人。不過照這情況看來似乎也被他給擊退了。」

他所說的S應該就是間諜的隱語。不然就是西格魯特英文拼音的頭一個字。

尤金歪著頭看了一下影宗的臉。周圍眾人應該有大半都聽不懂他們的對話內容吧，莉法這時也只能緊張地注意事情的發展方向。

不久後——尤金輕輕地點了點頭，開口說道：

「這樣啊。」

然後臉上浮現微笑。

「……我就相信你所說的吧。」

接著又轉身面向桐人，對著他這麼說道：

「以現狀來說，我和領主確實不希望把守衛精靈和水精靈也給扯進來。我們就先撤退吧。不過總有一天我會再和你打一場——」

「那真是求之不得。」

桐人對尤金伸出自己的右拳，而尤金也用自己的拳頭與他互碰了一下，接著便轉過身去。

他展開翅膀，往地面一踢後飛了起來。

跟在尤金後面準備起飛的影宗朝莉法看了一眼後，一邊笑一邊笨拙地眨了眨右眼。他的意思應該是——這樣就互不相欠了。莉法的右臉頰上也出現了一抹淺笑。

當兩人振翅離去之後，莉法便大大地吐出累積在胸口深處的空氣。

在地上所有人的注視之下，火精靈的龐大部隊以整齊劃一的動作排好隊伍。接著便在尤金帶領下發出厚重的翅膀重奏樂章逐漸遠去。無數黑影因為隱沒在雲層當中而變淡，不久後便完全消失了。

再度降臨的寂靜當中，桐人用帶著笑意的聲音呢喃道：

「……想不到火精靈裡面也有明事理的人嘛。」

莉法剛開始的時候由於不知道該說些什麼而遲疑了幾秒，但最後還是把心底最先浮現的話直接說出口。

「……你這人真是太胡來了。」

「時常有人這麼說。」

「呵呵呵……」

朔夜對著相視而笑的兩人乾咳了一聲。

「抱歉……可不可以跟我說明一下究竟是什麼狀況……」

在回復平靜的會議場中央，莉法先是告知有一部分只是自己的預測之後，才把整件事情的來龍去脈交代清楚。朔夜與亞麗莎・露為首的兩種族幹部們也非常安靜地聽著莉法漫長的說明。當她好不容易說完時，所有人都深深呼了口氣。

「原來如此……」

雙手抱胸、稍微蹙起豔麗眉毛的朔夜聽完之後點了點頭。

「最近這幾個月，我也發現到西格魯特似乎有種相當焦躁的感覺。但因為害怕被人說我是獨裁者而拘泥於合議制，才會一直讓他身居要職……」

「朔夜妳一直很受大家愛戴，我想這也是妳的難處吧──」

其實亞麗莎・露的單獨長期政權比朔夜還要更久，但她毫不在意自己的情況，用力點著頭說道。

「焦躁……為了什麼……？」

到現在還是無法理解西格魯特心態的莉法提出這個問題後，朔夜邊把視線往遠方的稜線看去邊這麼回答：

「大概……是他沒辦法接受……勢力上輸給火精靈的現狀吧。」

「…………」

「西格魯特是個很有權力慾的男人。他追求的不只是角色的數值能力，也拚命求取一個玩家所能獲得的權力……所以他沒辦法接受火精靈達成最終任務並支配阿爾普海姆的天空，而自己卻只能在地上抬頭看著他們。」

「……但是，為什麼反而跑去當火精靈的間諜呢……」

「妳沒聽說馬上就要導入『更新檔五．○』了嗎？據說裡面已經搭載了『轉生系統』。」

「啊……那麼……」

「應該是被蒙提法慫恿了吧。說只要把領主的腦袋交出去就讓他轉生為火精靈。不過轉生似乎得花上一大筆尤魯特的樣子……此外冷酷的蒙提法究竟會不會實踐他的諾言也很令人懷疑就是了。」

「…………」

莉法以複雜的心情看著逐漸染上金色的夜空以及遠方朦朧的世界樹。

轉生為光之精靈好掙脫飛行限制的枷鎖一直是莉法的夢想。也因為這樣，她才會加入實力被稱為是風精靈最強的西格魯特小隊，熱心參加狩獵並且把獲得的尤魯特幾乎全部上繳給執政部。

如果她不是因為遇上桐人而脫隊，以西格魯特的個性來說應該會邀莉法一起加入火精靈轉生計畫吧。如果真遇到這種情形，自己會怎麼做呢……

「ALO真是個喜歡測試玩家慾望的陰險遊戲。」

桐人參雜著苦笑的聲音忽然從旁邊響起。

「遊戲設計者個性一定很差。」

「呵呵，說得沒錯。」

朔夜也笑著如此回答。

莉法不知為何忽然很想要讓心靈有點依靠，於是她伸出手挽住了桐人的左臂，把全身的重量靠了上去。在靠到無論見到什麼狀況都處變不驚的桐人身上後，她有所動搖的心情似乎一下子就沉靜了下來。

「那麼……妳打算怎麼做呢？朔夜。」

聽見這個問題之後，美貌領主臉上的笑容消失，一瞬間閉起了眼睛。但馬上打開的深綠色雙眸裡散發出已經做出決斷的光芒。

「露，我記得妳一直有在提昇闇魔法技能對吧？」

聽見朔夜的話之後，亞麗莎·露動了一下她的大耳朵表示肯定。

「那麼拜託妳對西格魯特施展『月光鏡』。」

「我是沒關係，但是時間還沒到晚上，所以沒辦法撐很久。」

「沒關係，一下子就好了。」

亞麗莎・露再度動了一下耳朵，往後退一步之後高舉雙手開始詠唱。

擁有奇特韻律的闇魔法咒文藉著亞麗莎那高亢又清澈的聲音流露出來。四周圍馬上稍微變暗，不知從何處有一抹月光降了下來。

光線在亞麗莎面前變得像金色液體般聚集起來，接著成為一面正圓形鏡子。在周圍眾人無言的注視之下，鏡子表面開始產生波動——然後滲出某個場所的景色。

「啊……」

莉法稍微驚叫了一聲。因為出現在鏡子裡的，是她曾去過好幾次的領主館執政室。

可以見到正面有張翡翠製成的巨大桌子。而有個人正坐在桌子對面的領主椅子上，兩腳很隨便地放在桌面。那個閉著眼睛，把雙手放在頭後面的男人無疑正是西格魯特。

朔夜來到鏡子前面，用像古琴一樣緊繃的聲音叫了他的名字。

「西格魯特……」

聽見聲音後，鏡子裡的西格魯特馬上睜開眼睛，接著像彈簧般跳了起來。可能是視線正好和鏡子裡的朔夜對了個正著吧，只見他抿起了嘴緊張地縮起身子。

「朔……朔夜……？」

「嗯嗯，是我。很遺憾我還活著。」

朔夜淡淡地回應他。

「為什麼……啊……不對，會談呢……？」

「會談順利結束了。接下來就要簽訂條約了。對了對了，我們剛才有出乎意料之外的訪客。」

「訪、訪客……？」

「尤金將軍要我代替他跟你問聲好。」

「什……」

這下子西格魯特真的慌了手腳。剛毅的臉形開始變得蒼白。他像是想找出什麼話說般不停轉動著眼睛——這時視線又瞧見了朔夜身後的莉法以及桐人。

「莉……？」

一瞬間像是快從眼眶裡掉出來的眼睛，顯露出終於明白是怎麼回事的光芒。他的鼻樑整個皺了起來，呲牙裂嘴惡狠狠地說道：

「……這些無能的火精靈……然後呢……？妳想怎麼樣，朔夜？罰款嗎？還是把我趕出執政部？不過呢，掌理軍務的我要是不在了，妳的政權也……」

「不，如果身為風精靈讓你這麼無法忍受的話，我就實現你的願望吧！」

「什、什麼……？」

朔夜優美地揮動左手後，領主專用的巨大系統視窗馬上就出現了。無數視窗不斷重疊，接著形成一根光芒六角柱。朔夜拉出其中一枚標籤，手指迅速移動起來。

就在鏡中的西格魯特面前，出現了一道青色的訊息視窗。當西格魯特讀完上面的訊息之後，瞬時臉色大變地站了起來。

「妳這傢伙……！是認真的嗎？竟然要……竟然要放逐本大爺……？」

「沒錯。你就當一個領地叛徒在中立區域裡徘徊吧。我衷心祈禱，有一天你能在那裡發現新的樂趣。」

「我……我要投訴妳！我要跟ＧＭ投訴妳不當使用領主權力！」

「隨你高興。再見了……西格魯特。」

西格魯特握緊拳頭，似乎還想抗辯些什麼。但是朔夜的指尖一觸碰到標籤時，他的身影就從鏡子裡面消失了。他被朔夜從風精靈領地放逐，系統將會隨機把他轉移到除了阿魯恩以外的某個中立都市裡。

金色鏡子又照了一陣子無人的執政室，接著表面才揚起波浪，隨即發出脆弱的金屬聲粉碎。同時四周圍再度充滿了陽光。

「……朔夜……」

再度回歸寂靜之後朔夜還是緊蹙著眉頭，莉法考慮到她此時的心情一定相當沉重，於是便叫了她一聲。

美貌的執政者揮動左手消除系統視窗，接著嘆了口氣後才微笑著說：

「……我這樣的判斷到底正不正確，下次領主投票時應該就會知道答案了。總之——還是要先跟妳道謝唷，莉法。一直拒絕加入執政部的妳能夠跑來救援讓我感到非常高興。還有亞麗莎，因為風精靈的內鬥竟讓妳暴露在這種危險之下，真的很抱歉。」

「只要還活著就沒關係啦！」

貓妖領主用悠閒的聲音說完之後，莉法也用力搖著頭回答：

「我什麼都沒做。應該要跟桐人道謝才對。」

「對了……話說回來……你到底是……」

並排站在一起的朔夜與亞麗莎．露臉上帶著疑問的表情直盯著桐人看。

「你啊，真的是守衛精靈和水精靈的大使嗎……？」

不知道是不是要表現出好奇心，只見亞麗莎在說話時，直立的尾巴不停地搖動著。桐人把右手放在腰上，挺起胸膛回答說：

「當然是騙人的囉。只是虛張聲勢、故佈疑陣來跟對方談判而已。」

「什——……」

兩人聽見之後張大了嘴巴完全說不出話來。

「……這男人真是太亂來了。在那種情況之下還能編出這種天大的謊言……」

「我就是那種手裡的牌愈爛愈是要梭哈的人。」

桐人大言不慚地這麼說道。聽見這番話後亞麗莎・露突然露出貓科動物般的惡作劇笑容，往前走近了幾步後在極近距離下盯著桐人的臉看。

「——以一個大騙子來說，你的實力倒是很不錯嘛！你知道嗎？剛才那個尤金將軍據說是ＡＬＯ裡最強的玩家唷。你正面跟他挑戰竟然還能獲勝……難道說你是守衛精靈的秘密武器嗎？」

「怎麼可能。我只是個不值一提的保鑣而已。」

「噗。喵哈哈哈哈……」

桐人那種厚臉皮的答案讓亞麗莎大笑了一陣子，接著忽然將桐人的右臂抱到自己胸前。她從斜下方展現出妖豔的眼神對著桐人說：

「如果沒有雇主的話，你——要不要來貓妖領地當傭兵啊？附三餐點心之外還有午睡時間唷！」

「什……」

莉法的嘴角不由得開始抽搐了起來。但在莉法還沒能把他們分開之前——

「喂喂，露……妳怎麼可以偷跑呢！」

朔夜不知為何竟然也用比平常還要柔媚的聲音這麼說道。接著她和式便裝的袖子也纏上了

桐人左臂。

「他原本就是來救援我們風精靈的，所以我們應該有優先交涉權才對。你叫桐人對吧——除了要向你道謝之外，我個人對你也有點興趣，之後要不要到司伊魯班來喝杯酒呢……」

此時莉法兩邊太陽穴已經是青筋爆露了。

「啊——太狡猾了啦，朔夜。禁止用色誘的手段！」

「妳還敢說我呢！妳自己不也靠得那麼緊！」

被兩位美人領主從左右兩邊夾住之後，桐人雖然紅著臉露出有些困擾的表情，但似乎也不是真的很討厭這種情況……

就在這個時候，莉法從後面拉住桐人的衣服然後將他拖了出來。她大叫著：

「不行！桐人他是我的……」

其他三人全部一起轉頭看向莉法的臉。她回過神來的同時也不知道該怎麼把話接下去。

「嗯嗯……是、是我的……」

當她因為找不到合適台詞而慌了手腳時，桐人帶著輕笑開口這麼表示。

「很感謝妳們的邀約——但是很抱歉，我還是希望她能夠繼續實行帶我到中央都市去的約定。」

「哦……這樣啊，那真是太可惜了。」

平常總是不輕易表現出真實感情的朔夜，用感到非常可惜的口氣說完後，又把視線朝莉法看去。

「妳要去阿魯恩是嗎，莉法。是要去觀光？還是……」

「原本是打算就這麼離開領地──但我想總有一天會回司伊魯班去的。」

「途中到我們領地來走走吧。我會盛大迎接你們唷。」

兩位領主離開桐人身邊之後，表情也變回原來的模樣。只見朔夜把右手放在胸前優美地傾斜上身，而亞麗莎除了深深低下頭之外連耳朵也跟著倒了下去，她們各自對桐人行了個禮。朔夜抬起頭來後這麼說道：

「──這次真的多謝你們了，莉法、桐人。如果我們兩個真的被殺害，與火精靈之間的差距將再也沒辦法彌補過來。真的很想報答你們……」

「不、不用客氣了……」

桐人困擾地搔著頭的模樣讓莉法忽然想起了一件事情。她向前走了一步，開口說：

「朔夜──還有亞麗莎小姐。這次的同盟應該是為了攻略世界樹做準備吧？」

「嗯嗯，以最終目標來說確實是如此──兩個種族共同挑戰世界樹，如果雙方都能成為光之精靈那是最好，如果只有一邊成功的話那就在下一次攻略時幫忙對方……這就是條約最重要的內容。」

「攻略的時候，希望能讓我們兩個也參加。而且希望能盡快。」

朔夜和亞麗莎．露互相看了一下對方的臉。

「……讓你們參加當然沒問題，應該說我們還想拜託你們參加呢。只是時間上還沒辦法跟你們確定……不過，為什麼你們會想參加呢？」

「…………」

莉法稍微瞄了桐人一眼。充滿謎團的守衛精靈少年瞬間伏下視線，接著這麼說道：

「我是為了要到世界樹上去，才會到這個世界來的。我想找的人，或許就在上面也說不定……」

「找人？你是說精靈王奧伯龍嗎？」

「不是——我想應該不是。我在真實世界裡沒辦法與那個人取得聯絡……但我一定得見到那個人才行。」

「哇～如果說是世界樹上面的話那就是網站營運者囉？感覺好懸疑刺激唷！」

亞麗莎．露似乎被引起了興趣，只見她大眼睛裡充滿著期待的光芒。但耳朵和尾巴馬上又無力地垂了下來，一臉抱歉地說：

「不過……要備齊攻略組全員的裝備，恐怕還得花上一段時間……沒有辦法在一天兩天之內就可以……」

「這樣啊……我想也是。沒關係，我現在的目標是先到那棵樹的根部去……其他的就到時候再想辦法了。」

桐人輕輕笑了一下，接著像是想起什麼事情一樣說了聲「啊，對了」而揮動右手。他迅速操縱著視窗，把一個相當大的皮袋實體化。

「把這個當成你們的資金吧。」

說完後便伸手準備把袋子交出去，由袋子所發出的沉重金屬聲來判斷，裡面應該是裝了滿滿的尤魯特才對。接過來的亞麗莎一瞬間差點跌倒，於是趕緊改用雙手重新抱住袋子。她往裡面瞄了一眼之後——馬上瞪大了眼睛。

「朔、朔夜，這個……」

「嗯？」

朔夜不解地歪著頭，把右手指尖往袋子裡面伸去。當她把手縮回來的時候，抓在她手上的是閃爍著藍白色光輝的大硬幣。

「嗚哇……」

一見到這個，就連莉法也忍不住發出驚嘆聲。兩名領主的嘴張開之後就再也合不攏，連在後面注視著他們對話的十二名隨從也產生了騷動。

「……十萬單位的尤魯特秘銀貨幣……這裡面全部都是……？」

連一向冷靜的朔夜也啞著聲音一邊說一邊凝視著硬幣，但不久後便像不能接受般搖著頭又把袋子還了回去。

「要在幽茲海姆進行野營狩獵來打倒邪神等級的怪物才有可能賺到這種金額……真的要送給我們嗎？這可以在最棒的土地上蓋座小城堡囉！」

「沒關係。我不需要這東西。」

桐人絲毫不在意地點了點頭。

再度往袋子裡面看去的朔夜與亞麗莎在「呼——」一聲嘆了口氣後抬起頭來。

「……加上這些資金，距離我們的目標金額就更加接近了——」

「我們會馬上購買裝備，準備好了之後會再跟你們聯絡。」

「拜託妳們了。」

亞麗莎將皮袋收進朔夜打開的視窗裡面。

「身上帶著這麼多錢在原野上亂晃實在太恐怖了……在火精靈那群人還沒改變主意之前，還是快逃進貓妖領地裡去吧。」

「說得也是。等回到我們領地後再繼續領主會談吧。」

領主們互相點了點頭，然後對部下們發出指示。大桌子與十四張椅子轉眼間馬上就被收拾得一乾二淨。

「你真的幫了我們太多忙了。我保證一定會努力完成你們的願望，桐人、莉法。」

「能幫上忙我也很高興。」

「那就等妳們聯絡囉。」

朔夜、亞麗莎、桐人與莉法四人各自用力握了握對方的手。

「謝謝！期待下次見面囉！」

亞麗莎又露出惡作劇的笑容，然後用尾巴將桐人拉了過去後在他臉頰上輕輕一吻。離開手足無措的桐人身邊之後，對著臉頰再度抽搐的莉法——完全不知道是代表什麼意思地眨了眨眼睛，然後才打開淡黃色翅膀起飛。

兩名領主一邊揮手一邊垂直上升，在空中拖曳出一道光線後朝著染紅的西邊天空前進。之後兩個種族的六名部下也排出像野雁般美麗的陣形追了上去。而桐人與莉法則是一言不發地目送他們離開。

不久後周圍再度恢復一片寂靜，只剩下吹過台地的風聲與樹葉摩擦聲留了下來，就好像剛才那場牽動三個種族命運的激鬥只是一場幻覺一樣。莉法稍微覺得有點寒冷，於是她悄悄靠到桐人身邊。

「都走了……」

「嗯嗯——結束了……」

感覺上成為一連串事件導火線的與西格魯特的決裂，似乎是發生在很久以前的事情了。實在很難令人相信那不過是七、八個小時之前所發生的事情。

「總覺得……」

只要和桐人在一起，這個世界的一切就會變成現實，而背後長著翅膀才是自己真實的模樣——莉法／直葉心裡雖然這麼想，但卻沒辦法將這種感覺用言語表達出來。於是她只好準備將身體靠在桐人胸口，好好感受他心臟的鼓動，但就在這個時候——

「爸爸，你怎麼可以這樣！我不是說過不能花心了嗎！」

「哇！」

結衣帶著十分憤慨的聲音從桐人胸前的口袋裡飛了出來，莉法聽見這句話後連慌張地和桐人保持距離。

「幹、幹嘛忽然跑出來……」

結衣先是在發出焦急聲音的桐人頭上來來回回地飛來飛去，接著又坐在他肩上可愛地鼓起腮幫子說：

「領主她們貼在你身上時，你的心臟就像小鹿亂撞一樣！」

「是、是男生都會這樣的嘛！」

在知道結衣指的不是自己之後莉法雖然鬆了口氣，但內心同時又湧起一道新的疑問，於是她忍不住對結衣問道：

「結衣，那我就沒關係嗎……？」

「莉法小姐妳應該沒有問題。」

「為、為什麼……？」

「嗯——因為莉法妳不太像個女孩子嘛……」

桐人似乎是不小心把真心話給說了出來。

「等等……你……你這是什麼意思？」

聽見這無法忽視的發言後，莉法不由得手按劍柄慢慢逼近桐人。

「沒、沒有啦，我的意思是說妳很平易近人……沒有惡意啦，真的！」

臉上浮現痙攣笑容的桐人忽然開始往上升。

「別、別說這個了，我們還是趕快飛到阿魯恩去吧！天都快黑了！」

「啊，喂喂，給我等一下！」

莉法張開翅膀，往地面一踢後飛了起來。

莉法雖然為了追上加速往世界樹逃竄的桐人而全力震動翅膀，但她還是稍微往背後看了一眼。即使因為被巨大山脈擋住而看不見另一邊寬廣的古森林與令人懷念的風精靈領地，但還是可以見到慢慢變暗的深藍色天空裡，有一顆巨大星星正在閃爍著。

***

貼在天空頂端看起來似乎動也不動的太陽終於開始慢慢傾斜，並且將劃出弧形的地平線染上一片血紅。

判斷上一次奧伯龍到訪已經是現實時間超過五小時以前的事情後，亞絲娜便靜靜撐起身體。此時真實世界應該過了午夜十二點。她一邊祈求現在沒有人監視，一邊從床上下到瓷磚上面。

走了十步之後，她立刻就來到金屬門前面。一想到自己竟然在這麼狹窄的地方生活了兩個月，亞絲娜便難過得說不出任何話來。

不過，這一切都要在今天結束了——

她在心裡這麼呢喃著，然後右手手指往門旁邊的密碼輸入面板伸去。她將五個小時以前，趁奧伯龍離開時利用鏡子偷窺並牢記在心裡的數字列一個一個重新說出口。每按一個小按鍵都會發出細微的聲響，讓亞絲娜緊繃的神經不斷跳動。

「……3……2……9……」

她一邊祈禱一邊按下最後一個按鍵後，果然發出一聲巨大金屬音，接著門便稍微打開來了。亞絲娜忍不住稍微彎曲起右臂握拳鼓勵了一下自己。當她發現這其實是桐人時常會做的動作時，不由得浮現出微笑。

「桐人……我會努力的。」

亞絲娜小聲說完後，伸手將門推開。門外面的粗大樹枝上嵌有一條狹窄的道路，一路蜿蜒至遠方的樹幹為止。由鳥籠裡跨出一、兩步之後，背後的門便自動關了起來。亞絲娜將垂在肩膀上的頭髮往後梳，然後毅然挺起胸膛，接下來便像她過去在另一個世界裡那樣，邁開堅定的腳步向前。

過了幾分鐘之後，她回頭一看，發現金色鳥籠已經完全被十分厚重的濃綠樹葉遮擋住而完全看不見了。

在世界樹又長又大的樹枝上站了一陣子後，亞絲娜「呼」一聲嘆了口氣。感覺上已經走了幾百公尺的路途。但這顆樹實在是太過於巨大了。

由於奧伯龍的個性相當急躁，所以亞絲娜認為他應該會將登出的系統操縱臺放在鳥籠之外，或者是距離不遠的地方才對，但是現在看來她的預測應該是錯誤了。如果他是使用ＳＡＯ類型的全息圖視窗，或者是聲音操縱的話，那要使用系統登出便相當困難了。

話雖如此，亞絲娜無論如何都絕對不想再回到那個地方去。目前她能做的就只有不斷地向前走。

為了再度和那個人相遇。我一定要活著回到現實世界。

亞絲娜在心裡不斷提醒著自己，接著再度向前邁開腳步。

（待續）

後記

各位讀者好久不見了，我是川原。謝謝各位閱讀本作品。

首先按照慣例，還是要先從道歉啟事開始……

與先前出版的《加速世界3》一樣，這本《Sword Art Online刀劍神域3》也是「未完待續」的狀態，真的非常抱歉！

此外也要為又出現新的女主角向大家道歉，實在是不好意思。我想大家可能也開始要覺得不愉快了……但今後的故事發展應該也差不多是這樣……不過仔細一想，《加速世界》其實也是這種情形啊。我、我也不是故意要這麼寫的。但因為我實在沒有以多視點來描寫各個人物的能力，所以一旦女性角色增加之後，就一定會和男主角有所牽扯。

……抱歉其實有四成左右是因為我喜歡這種情節……

這部《SAO3》是我在二〇〇九年出版的最後一本書。當我在寫這篇後記時，接到了第十六屆電擊小說大賞得獎作品已經出爐的消息，我心裡不禁有種「想不到已經過了一年了嗎」

的感概而發呆了一陣子。

回想起在第十五屆頒獎典禮的時候，我因為被前輩作家身上所散發出來的作家氣息給震攝住而根本沒辦法好好打招呼。不過即使是現在也一樣，在編輯部裡遇見前輩時也只能張大嘴巴呆站在那裡。

雖然散發不出什麼作家的氣息，但至少到目前為止都一直有新作品上市，我想這都是各位讀者不斷支持我的結果。現在要想到明年的事情似乎還有點太早了，但我想自己依然會努力不懈地敲打鍵盤，一步一步慢慢爬著這永無止盡的電擊坡道。

以細膩且充滿魅力的手法將一堆新登場角色〈幾乎都是女性〉呈現出來的插畫家abec老師，這次也謝謝您了！還有因為準備活動而身陷忙碌地獄之中，卻又被我忘記截稿時間技能〈自動發動型〉添了許多麻煩的擔當編輯三木先生，真的要在這裡跟您說聲抱歉！

還有就是要對看完本書的你獻上我今年最後的感謝。

二〇一〇年也請大家多多指教了！

二〇〇九年十月一日　川原　礫

作品第四集震撼登場——！

火目的巫女
貳
杉井光
插畫●かわぎしけいたろう
Kadokawa Fantastic Novels

©Enji ARAI 2009

Kadokawa Light Novels

SUGAR DARK 被埋葬的黑闇與少女 待續

Kadokawa Fantastic Novels

作者：新井円侍　插畫：mebae

繼《涼宮春日》以來睽違六年，
第14屆「Sneaker大賞」大賞得獎力作!!

少年穆歐魯因冤罪而遭到逮捕，在共同靈園過著挖掘墓穴的生活。某夜，他邂逅了自稱守墓者的少女・梅麗亞，並深受她吸引。神秘孩童・卡拉斯告訴他——他所挖掘的墓穴，是用來埋葬不死怪物「黑闇」！此時，穆歐魯又目擊梅麗亞遭黑闇殺害的現場——!?

NT$180/HK$50

台湾角川

國家圖書館出版品預行編目資料

Sword Art Online刀劍神域：艾恩葛朗特 /
川原礫作；周庭旭譯. —— 初版. —— 臺北市：
臺灣國際角川, 2009.12— 冊； 公分
——(Kadokawa fantastic novels) ——

譯自：ソードアート・オンライン 3
フェアリィ・ダンス
ISBN 978-986-237-399-6（第1冊：平裝）
ISBN 978-986-237-586-0（第2冊：平裝）
ISBN 978-986-237-824-3（第3冊：平裝）

861.57　　98018654

Kadokawa
Fantastic
Novels

Sword Art Online刀劍神域 3
妖精之舞

（原著名：ソードアート・オンライン 3　フェアリィ・ダンス）

2010年9月30日　初版第1刷發行
2020年12月4日　初版第23刷發行

作　　者：川原礫
插　　畫：abec
日版設計：BEE-PEE
譯　　者：周庭旭

發 行 人：岩崎剛人
總 編 輯：蔡佩芬
主　　編：朱哲成
美術設計：胡芳銘
印　　務：李明修（主任）、張加恩（主任）、張凱棋

發 行 所：台灣角川股份有限公司
地　　址：105台北市光復北路11巷44號5樓
電　　話：（02）2747-2433
傳　　真：（02）2747-2558
網　　址：http://www.kadokawa.com.tw
劃撥帳戶：台灣角川股份有限公司
劃撥帳號：19487412
法律顧問：有澤法律事務所
製　　版：尚騰印刷事業有限公司
ISBN：978-986-237-824-3